伍梅 著

一路走来

主编 高长梅 王培静

与文学名家对话 ● 中国当代获奖作家作品联展

花山文艺出版社

图书在版编目(CIP)数据

一路走来 / 伍梅著.—石家庄: 花山文艺出版社,2013.7
(2021.6 重印)
(与文学名家对话:中国当代获奖作家作品联展 / 高长梅,
王培静主编)
ISBN 978-7-5511-1698-5

Ⅰ. ①一… Ⅱ. ①伍… Ⅲ. ①散文集 - 中国 - 当代
Ⅳ. ①I267

中国版本图书馆 CIP 数据核字(2013)第 292219 号

丛　书　名: 与文学名家对话: 中国当代获奖作家作品联展
主　　编: 高长梅　王培静
书　　名: 一路走来
作　　者: 伍　梅

策　　划: 张采鑫
责任编辑: 郝卫国
责任校对: 齐　欣
特约编辑: 李文生
全案设计: 北京九洲鼎图书有限公司
出版发行: 花山文艺出版社(邮政编码:050061)
(河北省石家庄市友谊北大街 330 号)
销售热线: 0311-88643221
传　　真: 0311-88643234
印　　刷: 永清县晔盛亚胶印有限公司
经　　销: 新华书店
开　　本: 710 × 1000　1/16
字　　数: 100 千字
印　　张: 8
版　　次: 2013 年 7 月第 1 版
2021 年 6 月第 2 次印刷
书　　号: ISBN 978-7-5511-1698-5
定　　价: 32.00 元

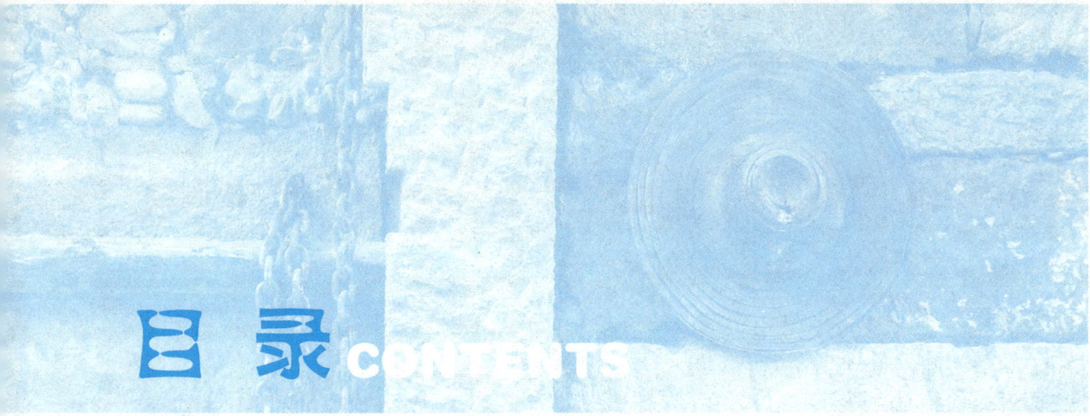

目录 CONTENTS

第一辑 父亲的心事

第二辑　童年的小秋收

CONTENTS

第三辑　行走云端

第四辑　你好！漳河

第一辑　父亲的心事

漳河·网·父亲

每当我想起漳河，就想起了父亲。

父亲永远像漳河里那些默默漂泊的老船，无数次的风霜雪雨，使他不沉不朽，守着漳河织网捕鱼，年复一年地过日子。

父亲的憨厚朴实是他这一生的风景，额上那四条深深的“王”字形皱纹，每每让我想起深山中威猛的虎。可父亲不是虎，却是一头“牛”，默默劳作无怨无悔的“牛”。

20 世纪 60 年代初，20 岁的父亲和他的十万弟兄一起修筑了这座闻名遐迩的人工水库。从此，他便守着漳河，任漳河的风吹走了他青春飞扬的年华，任漳河的水洗白了他乌黑的鬓发，让漳河里那鳞样的涟漪布满了他的脸，于是，他便有了满脸满身的沧桑。一条船，几篷网，风里雨里浪里，父亲的身影总在漳河里奔波忙碌。在漳河里劳作的父亲，织得一手好网。看父亲织网也是一种乐趣。父亲那双粗糙的大手织起网来就像一只灵巧的鸽子，上下飞舞，左右盘旋，手腕活络得让我不由得想起芭蕾舞中那些“天鹅”们柔柔的翅膀。织到兴头上，木讷的父亲竟会拉开嗓子唱起家乡的渔歌——

——啊嘿——嘿里那个——哟喂——
我扛着那个网哟哎——喂哟
走啊么走四方呃
河边哟——遇到哦洗衣的妹哟
……

父亲唱得很动情，很有些韵味。我常常躺在蓬松的网上看父亲织网，盼望父亲即兴高歌，可父亲这样的兴致很少有。父亲那些弯弯拐拐的歌调子勾起我纷飞的思绪。

“谁解乘舟寻范蠡，五湖烟水独忘机”。父亲虽没有范蠡那些惊天地泣鬼神的雄才大略，但他却有古人那种“独忘机”的谙世襟怀——淡泊人生，不为名利所累，在浩渺烟水中寻找一份宁静，一份洒脱，一份平衡。听漳河笑，听漳河怒，听漳河泣，就像置身于一群喧闹的孩子之中。父亲把这一切都视为天伦之乐。在人们眼里，父亲是那样渺小而微不足道，任何人都可以指派他，而父亲从没有一点儿微词，也不求任何回报，这便是父亲的品格。

父亲的水性很好，钻入水中可以数分钟不露头，年轻时，他曾潜入20多米深的水底摸上来一块200多斤的煤而须发不损，这就是他从生活中磨炼出来的本事，也正是这点儿本事，让他在漳河里“普度”众生。记得去年夏天，正值渠首闸开闸放水的日子，一个9岁顽童掉进了急流的河里，父亲在隔岸的船上补网，听到呼救声抬头一瞧，只见那孩子时浮时沉地向闸门飘去。岸上百余围观者竟无人敢救，谁都清楚，一旦被卷入闸，后果不堪设想，可父亲没有片刻犹豫，纵身跳入汹涌的河水，结果，孩子被救上来了，他却差点儿丢了老命。事后，有人说他是个“傻老帽”，也有人对他百思不解：素不相识的毛孩子，让他冒着生命危险拼死相救到底为了什么？父亲却这样说：“我一辈子走漳河，就求个心里平坦。”这句话极为普通，却震撼了我的心，让我觉得父亲像个含而不露的哲学家，“求个心里平坦”是他人生的座右铭。在当今滚滚红尘中，有多少人能做到“心里平坦”呢？而父亲——一个普通渔民能有这样的心境，那么，父亲这一生一定过得很充实很精彩。

云开远眺漳河水，犹见风帆一渔翁。在那烟波浩瀚的漳河里，每天都有这样的风景：日出日落，蓝天碧水，一个老人，一叶小舟，一蓬蓬下水的网……那便是我憨厚朴实勤劳的父亲，那里便是生我养我的故乡。

父亲的心事

漳河的鱼渐渐地少了，父亲的心事也渐渐地重了。

“棒打狍子，瓢舀鱼。”是东北富庶的象征，但在20世纪70年代的漳河，那鱼多得不用瓢舀，你随便到漳河边走走，就会有很多收获：“疯”上了岸的鲤鱼、鲫鱼，误入浅滩的黑鱼、鲶鱼，闭目晒太阳的鳖，鬼头鬼脑的龟……应有尽有，俯身可拾。再看河里，到处是黑压压的鱼群，阳光下，那一条条青黑的脊背微微露出水面，时而惬意地游弋，时而追逐戏谑，把整个河面闹腾得就像开了水的锅。那时的漳河是荒凉的，人烟稀少，乘船而上，几十里地无人烟，岸边只有滩涂上齐人深的野草或陡峭的山壁。结网打鱼，只是我父亲所在的水库捕捞队的专利，在那个年代里，无人敢涉及这个领域，因此，漳河里就有了丰厚的内涵。

织网、捕鱼、驾船是父亲这一辈子的职业，也是他赖以养家糊口的唯一本事。面对五张嗷嗷待哺的小嘴，父亲日夜辛劳在漳河里，白天为公，晚上为私。月朗星疏之夜，荒凉的河滩上常常有一大一小两个黑影，那便是父亲和我。给父亲背鱼篓是我的专利，看父亲撒网打鱼是一件让人心动的趣事。只见月光下，父亲半弓着马步半侧身，运气运力，使网在身旁呈弧形摆动，然后，只听“嗖”的一声，那网就像一朵喇叭花开在了水里。凭手感，父亲便知道这一网的收获：鱼的多或少、大或小。父亲慢慢收着网绳，网渐渐地露出水面，这时鱼儿才意识到了危险，开始在网中拼命跳跃，努力想挣脱出来，但最终还是被拖上岸来。父亲把网摊开捡鱼，大的装篓，小的放回河里。几网下去，鱼篓就满了，父亲便收了手，找一处干净地方，捡些枯枝，架上火，选两条一斤多重的鳜鱼用木棍穿好，放在火上烤，不一会儿，烤鱼的香味便在空中弥散开来。待鱼烤得焦黄后，父亲掏出纸包的椒盐，细细地撒在鱼身上，然后递给流着口水、有点儿迫不及待的我。看着我狼吞虎咽的样子，父亲便笑了。吃饱喝足后，我就赖在父亲的背上，香香甜甜地做着梦，让父亲背着回家。多少年过去了，这一幕永远定格在我心中，让我终生难忘。

其实，父亲更愿意带着他的宝贝——小划子去打鱼。小划子像两瓣莲花，是一种很小很小的船，每瓣长不超过五尺，宽不足一尺，中间用一块手指宽的木板相连，小巧轻盈。站在板上，父亲就是那迎风的帆，用竹篙轻轻一点，小船就像离弦的箭，想到哪里就到哪里。船肚里装着丝网，父亲找一处鱼多的水域，把网下到水里后便上了岸，抽支烟或打会儿盹，然后再去收网。这时，网上早已挂满了密密麻麻的鱼。月儿西沉时，父亲便挑着小划子回家。

父亲不贪，每次出去打鱼，顶多只打十几斤，除了自家吃，还常常送些给左邻右舍、亲戚朋友。在那个年代，日子过得是那样的艰难，父亲不仅用漳河鱼养大了他的儿女，而且也把漳河的鱼连同他的淳厚朴实一同送给了他身边的每一个人。

到了20世纪80年代，人们的思想逐渐从禁锢中解脱出来，于是，沉寂的漳河便不再沉寂，人们临水而居，靠水吃水。在他们眼里，漳河鱼就像阿里巴巴山洞里的宝藏，是取之不尽、用之不竭的，于是电击、药杀、炮炸，他们想尽一切办法捕捞，就连鱼娃娃也不放过。父亲看在眼里、急在心里，嘴里不停地叨咕："作孽啊，作孽！"

过度的捕捞，使漳河的鱼资源日渐枯竭，父亲常常拎着网出去，也常常叹着气回来，空手而归的情况十有八九。太多次的失望使父亲的目光逐渐地黯淡下来，终于有一天，父亲一把火把他心爱的网化做灰烬，只留下了那只跟了他大半辈子的小划子，把它竖在门边，每次进门出门，我都能看见他眼中的痛楚。

漳河的鱼少了，父亲也如鲁迅笔下的祥林嫂，每到一处，总忘不了介绍他的漳河鱼，说那鱼如何如何的大、如何如何的多、如何如何的鲜，说得眉飞色舞，说得人们的喉咙也跟着一上一下地抽动。即使到人家家里做客也不例外，当主人端上一盘鱼时，他会不分场合地说："这鱼绝对没有漳河的鱼好吃！"弄得主人尴尬不已。

父亲退休后，每天都要到漳河边转悠，常常盯着河水一看就是几个小时，时而神采奕奕，时而黯然神伤。我知道父亲是在回想或寻觅过去那黑压压的鱼群。星光璀璨的夜晚，父亲独坐在漳河边，一支接一支地抽着烟，一闪一闪的烟火照出他紧锁的眉，我知道他是想听听鱼儿戏水的声音。然而，河面上悄然无声，入耳的只有尘世间的喧嚣。

漳河的鱼少了，父亲的网烧了，船也朽了，但父亲那份沉重的心事却是烧不掉也朽不了的。

父亲的胸膛

至今，我都在不安和矛盾中度过，不知道我所做的决定是对还是错。

三年前，父亲被查出了肺癌，当我拿到这个几乎让我昏厥的诊断结果时，我不相信一向健壮如塔连感冒都少有的父亲会得此绝症。我反复问医生会不会弄错，得到医生否定的回答后，我禁不住痛哭失声，久久不能平息。

当时，父亲还躺在病房里等消息，我该怎样去面对我的父亲呢？但终究要过这一关。我擦干泪水，走进父亲的病房，努力地挤出一丝笑容，对还蒙在鼓里的父亲说："爸，没事，医生说是肺炎，住几天院就好了。"可话音还没落，眼泪就止不住往下掉，我生怕父亲瞧出了端倪，转身就向外跑。父亲见我慌慌张张的样子，顿时心生疑窦。好在哥哥机灵，忙掩饰说："她刚和平富（老公）吵了几句嘴，心里难受。"听了哥哥的话，父亲咕嘟了几句，也就放心了。

查出父亲的病因后，紧接着就是治疗。医生提出了两套治疗方案：一种是手术治疗，一种是药物治疗。当我得知手术治疗不仅要锯掉父亲的几根肋骨，而且还可能会因手术而加快癌细胞的扩散后，我几乎是不假思索地拒绝了。我不想让年迈的父亲饱受手术之苦，更不愿毁掉我父亲的胸膛，要知道，父亲那宽阔温暖的胸膛是我生命的摇篮，也是我一生中倍感安全的港湾。

第一次接触父亲的胸膛是在我记事后的一个冬天，我从1岁就被外婆接回了老家。在我5岁时，父亲回老家接我。当时我正在睡觉，睡梦中感觉自己被抱了起来，又听到"咚——

咚——”的声音，我猛地睁开眼，发现一个毛乎乎的东西正挨着我的脸，我吓坏了，以为是外婆常用来吓唬我的“花老虎”来了，我吓得又哭又蹬拼命喊叫。

“醒了，醒了。”一个惊喜的声音传入我的耳朵，紧接着那毛乎乎的东西从我脸上移开，一个棱角分明的男人的脸印入了我的眼睛，他就是我的父亲。都说女儿是父亲前世的情人，我想这也许是真的。我一见父亲就有一种很亲切很熟悉的感觉，我立即止住了哭声，好奇地看着这个外婆让我喊他“爸爸”的男人。再看那毛乎乎的东西，原来那是父亲盖在我身上的狗皮领大衣。父亲欣喜而慈爱地看着我，问我还想睡吗，我其实已毫无睡意，只是为刚才的事有些不好意思，只好点点头。父亲又重新用狗皮领大衣把我裹紧，他的身体和椅子一起前后晃动，哄我睡觉。我依偎在父亲温暖的胸膛上，听着他那节奏分明的心跳声，静静地品味着父爱。

此后的岁月，父亲用他那宽大坚实的胸膛为我遮风挡雨，呵护我长大。其实能够依偎在父亲的胸膛上，对童年的我来说是一件很奢侈的事。因为父亲是一名捕捞工人，迫于生计，他在家的日子少之又少，常年在漳河里捕鱼。于是，我就企盼大雪纷飞的冬季，只有这个季节父亲才会歇渔在家。只要父亲在家，寒冷的冬天就不再寒冷，地炉子就会冒出蓝蓝的火苗，撑架上的铜饮壶就会唱起欢乐的歌谣，一向暗淡的油灯也会格外明亮，时不时抛出兴奋的火花。仗着父亲的宠爱，在兄妹们妒羡的眼光中，我很“赖皮”、很“霸道”地爬到父亲的腿上，搂着父亲的脖子，缠着他给我们讲故事。父亲有讲不完的故事，他会讲“野人家家”、会讲《西游记》、《聊斋》，特别是讲《聊斋》时，父亲讲得声情并茂，模仿着妖精鬼怪的声音，吓得我们兄妹几个像受惊的鸡仔，或拱进他的怀里，或钻在他的腋下，或是伏在他的背上，大气都不敢出。在母亲的责怪声中，父亲憨憨地笑了……

是父亲给了我生命，而又是父亲那宽阔的胸膛让我的生命得以延续。

记得在我9岁那年夏天，由于家境不好，放了暑假，我便和大人们一起到船上卸煤，以便挣点儿钱交学费和贴补家用。一次，我不小心被锈钉子把脚几乎扎穿，当天夜里就发高烧，父亲急忙把我送进医院。望着昏迷不醒的我，医生要父亲做好思想准备，说如果挨不过那一夜，我就没救了。那一夜，父亲把我紧紧地抱在怀里，一夜未眠。冥冥之中，我看到了一条大河，河里有许多小孩在戏水，叽叽喳喳的，好不热闹。他们向我招手，喊我和他们一起玩。我高兴极了，忙向他们跑去。突然，从远处传来父亲的喊声，伴随着父亲“咚咚”的脚步声。父亲的声音听起来很焦急很严厉，他是不许我玩水的，曾警告说，如果发现我玩水就要打断我的腿。虽然父亲极少打我，可父亲的警告对我却有太大的威慑力，我害怕了，恋恋不舍地望了望河里玩耍的小朋友，极不情愿地向回走，站在父亲的面前，哭着求他让我去玩一会儿，可父亲就是不许，我拿出看家本领，赖在地上又蹬又闹……“良梅、良梅……”我感觉有人在摇我喊我，梦中的一切瞬间消失，我努力地睁大眼，映入我眼中的是父亲红肿的眼睛和一脸的疲惫。看着我醒了，父亲含泪而笑，把我抱得更紧，仿佛害怕我被人抢走似的。躺在父亲的怀里，贴着父亲的胸膛，我才知道梦中父亲的脚步声其实就是父亲的心跳声。是父亲那颗慈爱的心唤回了迷失的我，是他那宽阔温暖的胸膛给了我生的力量，让我逃过了死神的魔掌。

父亲有着豁达的胸膛，凡事都能忍，宁愿自己吃亏，也不会让别人受累，在他心中，从没有“恨”字存在。小时候，父亲因为要读书，也不知挨了祖父多少打骂，结果兄妹都成了文化人，而他却留在家里种田放牛，一生中吃够了没有文化的苦头。

可父亲从来没有怨恨过祖父，每每提起这件事，父亲只是深深地叹息：“这都是命！”可是，父亲从来没有丧失对生活的信心，他总是乐观地想：一切都会好的。

也许是命中注定父亲要经历很多磨难。20世纪50年代中期，修建漳河水库的工程开始后，初婚的父亲带着母亲投入了热火朝天的水库建设中，他和所有的建设者一样，热血沸腾，满腔热情，为水利事业忘我地工作，也为此差点儿献出了自己的生命。那是在修筑漳河水库清静庵明槽的大会战中，父亲负责打石头的工作。那时的生产工具相当落后，打石机是父亲他们为加快施工进度而自己发明的土工具，父亲在操作打石机时出了事故，打石机上的木杠断了，父亲像一只断线的风筝从打石机的横排上摔到了20多米深的沟底，然而父亲却没有死，是沟底一堆废弃的竹筐救了他，父亲的胸膛却在竹筐上搓去了皮肉，露出了白森森的肋骨……

父亲的胸膛承受了太多的苦难，可父亲是坚强的，不管遇到什么样的苦难，他都会勇敢地挺起胸膛去承受一切。正是因为如此，我才舍不得让父亲的胸膛再一次受到伤害。但是，每次看到父亲因放化疗而痛苦不堪时，想到作为女儿却不能为他分担病痛，我就心如刀绞。我不知道自己的决定是不是害了父亲。我常想：说不定手术能把父亲医好呢？毕竟是由于我的反对而没有让父亲进行手术治疗，因此，我不安！因此，我痛苦！我不知道自己是对还是错。如果苍天有眼，就可怜天下女儿心！让父亲闯过这道关，让我不要失去那坚实而温暖的港湾。

父亲·八哥·天堂

今年7月2日，身患肺癌的父亲撒手人寰，把无尽的悲伤留给了我们。

父亲去世后，遗体停放在医院那间简陋的太平间里，那地方除了放置一口冷棺外，就几乎放不下任何东西了。管理人员把父亲放入冷棺后，不顾我们的苦苦哀求，锁上门径自离去了。

夜幕降临，我两眼红肿地守在太平间的大门外。一张木椅紧挨着那两扇冰冷的大门，木椅上供着父亲的遗像，白烛流着长长的清泪，烛火在风中摇曳，映出我满脸的泪痕。

夜色越来越重，风也越来越大，烛火终于在大风中熄灭了，周围立即陷入黑暗中。我的心一下子恐慌起来，仿佛看见老父亲正在黑暗的黄泉路上跌跌撞撞、踽踽独行。烛火是父亲通往天堂的路灯，绝不能让它熄灭。我发疯似的找到管理员，让他打开太平间的门，我要为父亲点灯。也许是我的模样有些狰狞，也许是我的孝心打动了他，管理员犹豫了片刻便打开了门，让我把父亲的遗像搬进了室内，就这样，我重新为他点燃了远行的烛火。

夜半，该为父亲上香烧纸了，我跪在门外的地上，拈了一炷香为父亲敬上，一抬头却看见父亲正在对我笑，就仿佛是每次回家父亲为我打开家门时那种惊喜的笑容。我有些恍惚了，张口就叫了声“爸——”，可父亲没有答应，只是望着我笑，笑得我泪如雨下，此刻，我知道，从今以后，父亲永远都不会为我打开家门，为我拍去身上的风雪或尘土，牵我走进家门了。

从小到大，父亲对我来说永远是慈祥的，在我记忆中，兄妹们因为不听话而没少挨父亲的责打，可父亲几乎没有打过我，他总是把他最温和、最慈爱的一面留给我，让我从来没有惧怕的感觉。他是我从小到大最有力的保护伞，无论我在哪里受了委屈或伤害，父亲总会用他宽阔的胸膛来安抚我。长大后我该出嫁了，出嫁那天，按照老家的风俗，女儿应该“哭嫁”，可我就要与心爱的人长相厮守了，高兴都来不及，哪里还有伤心的泪？满脸幸福的我兴高采烈，而父亲脸上却没有一丝喜气，一直闷闷不乐地为我忙这忙那。迎亲车来了，我刚要上车，背后却传来了父亲的号啕声，母亲见状忙说：“今天大喜日子，你干什么呀？”父亲却说：“我那么好个女儿就要给别人了，我舍不得！”那样子仿佛再也看不到我似的，看到父亲伤心地哭泣，想起了父母这么多年来对我的养育之恩，想起承欢父亲膝下的日子，想到如今出了门，我就为人妇了，就是大人了。想到这里，我突然悲从心来，也跟着父亲放声大哭起来，在不知不觉中完成了“哭嫁”的仪式。

我结婚后，父亲对我的牵挂依然是那么多，每次休息，无论多忙多远，他总是要抽时间来看我，帮我料理家务，洗洗涮涮，把我的家收拾得亮亮堂堂。有一次，父亲看见我买了几把木椅，他便买来油漆要帮我刷，我觉得没有必要，木椅子又不贵重，坐几天坏了就丢掉，费那些事干什么，可父亲坚持要刷，我见他主意已定，只好随他了。正值夏天，天气很热，父亲打着赤膊把木椅用砂纸打磨光滑，前前后后上了几遍漆，终于将四把椅子漆好了。十几年过去了，那四把椅子依然闪着幽幽的光，没有丝毫腐朽，虽然我已进城安家，家里有豪华的真皮沙发，可我和家人都爱坐这几把木头椅子。以前坐在这几张椅子上，从来就没有什么特别的感觉，只是觉得舒服，也就爱坐。可自从父亲去世后，再坐在这木椅子上，我分明感觉到那颗沉甸甸的慈父心。

父亲退休后，闲暇的日子多了。由于我们全都成家了，很少回家，父亲对儿女的思念之情也就愈发强烈。每次我回家，他就高兴得像过年一样，上街买回最好的菜，拿出平时舍不得吃的好东西，不停地让我吃。可我们那时都以自己的家和事业为重，忽略了父亲，一年到头回家看他的次数不算多，即使回家一次，也都和朋友们在一起玩，没有陪他，可父亲他从不计较。记得有一次我回家，父亲正巧不在家，我刚喝了几口母亲端来的茶水，朋友就打电话来约我去打麻将。夜里，电闪雷鸣，狂风大雨，父亲打电话问我在哪里玩，我就把同学家的地址告诉了他，没想到半个小时后，他打着雨伞，全身透湿地敲开了同学家的门来接我回家。见我和朋友玩性正酣，没有回去的意思，父亲就搬来一把椅子坐在我身边打盹，一直陪到早晨我们散场子。

2003 年，父亲查出了肺癌。想到父亲将不久于人世，我好像一下子懂事了，常常推掉应酬，抽时间陪父亲。父亲也一天比一天更依赖我，只要一天没有我的音讯，就要催母亲给我打电话，问一问我在干什么。2004 年 3 月的一天，我回家看父亲。父亲听到我叫门，一脸惊喜地为我打开门，然后忙不迭地举起一只鸟笼子对我说："看，我买的八哥。"我知道父亲一直都挺喜欢八哥的，他常常给我讲起他童年时家里养的八哥如何乖巧，如何聪明，如何会说话。他心里一直有个愿望，想养只八哥，可以前养儿育女忙于生计，根本就没有条件养鸟。看见父亲举着鸟笼子，噘着嘴逗鸟儿，脸上露出孩子般的笑意时，我想，父亲终于有了一种精神上的寄托，我从心里为他高兴。

有了八哥，父亲一门心思地驯着这只鸟，每次回家，父亲总是有许多关于他的八哥的趣闻告诉我。那只八哥也很奇怪，好像和父亲有缘似的，除了父亲，我们家无论是谁都不能碰它，否则它毫不客气地啄你。它只要看见父亲从它面前走过，就会从笼子里飞出来，歇在父亲的肩头、头顶或者是胳膊上，像一个顽皮的孩子在父亲身上东拱西啄。天气热，父亲打一盆凉水放在地上，它马上从笼子里飞进盆里，扑闪着翅膀让父亲给它洗澡。有了这只鸟，父亲脸上的笑容多了起来。

又是一个双休日，我照例回去看父亲。我站在门前叫门，只听见父亲边开门边说：“八哥，又是你在骗我吧！”父亲一开门，见真的是我站在门外，他高兴极了，忙冲着我妈喊：“这回不是八哥喊的，真是姑娘回来了。”他的话让我感到莫明其妙，父亲又忙告诉我说：“这只八哥学你的声音真是像极了，每次明明听到是你在喊门，可一开门却是它在笼子里叫，害得我一天开几次门。”我才不相信呢，心想，天下哪有这样的事，便一笑了之。到了吃晚饭的时候，门外传来“妈——”的一声，吓了我一跳，这不正是我每次回家时叫门的声音吗？父亲见我发怔，连忙得意地说：“没骗你吧，听它一叫妈，所有的人都说是你回来了。”奇怪，那只八哥学我的声音真是惟妙惟肖，我不得不相信这是真的。可这究竟是怎么回事？我想了很久才想明白，原来我有个习惯，每次回家，都要站在门口拖着声调喊“妈”，谁知这只灵巧的八哥无意中学到了，常常站在笼子里有事无事地喊那么一声，把父母亲善意地骗一下，然后得意地歪着头看着父亲惊喜地开门，跳上跳下地听父亲亲昵地数落它。

今年春上的一个下午，阳光很暖和，父亲便把鸟笼挂出去，让八哥吸吸阳气，晒晒太阳。八哥从笼里跳出来，一会儿落到父亲的肩头，一会儿又飞上父亲的头顶，嬉闹一阵后，父亲便进屋去拿鸟食，就在这一刻，外面传来八哥的惨叫声，父亲情知不妙，跑出来一看，一只黑猫正凶狠地衔着八哥，见父亲追出来，黑猫撒腿就跑。父亲顾不得医生告诫，拼着老命追，在父亲和母亲的围堵之下，老猫无处可逃。可等父亲从猫口中抢下八哥，那只可怜的八哥已气断命绝。父亲捧着那只八哥瘫坐在地上，老泪纵横……

自从那只八哥死后，父亲整日里郁郁寡欢，他的身体就像抽了丝的蚕，一日不如一日。看到父亲难过的样子，我安慰他说：“爸，等您病好了我再给您买一只八哥。”父亲一听摇了摇头，叹息道：“再也遇不到那样乖的鸟了，它学你的声音，学得多像啊。”听了父亲的话，我才明白，因为那只八哥会模仿我的声音，所以才得到父亲的宠爱。想到自己为人子女，却极少回家陪伴父母，让年迈的父母相依为命，把一腔思儿之情寄托在鸟儿身上，我的愧疚如洪水泛滥，弥漫了整个胸腔，以前听陈红的《常回家看看》这首歌时很不以为然，可如今只要一想起这首歌，就有一种想哭的感觉。

四月份，父亲因病情严重，再一次入院治疗，可这次入院后，直到七月份去世，他再也没有回过家。在父亲病重的日子里，我常常陪着他，陪他聊天，陪他回忆往事，给他讲单位或社会上的一些新闻趣事，只要能博他开心一笑，我的心都会觉得舒坦点，可父亲的笑越来越少了，病情越来越重。在生命的最后几日里，父亲再也不能进食了，全靠打针输液维持生命。我每天依旧给父亲准备好他爱吃的饭菜，竭力地劝父亲吃一点儿，可父亲只是摇头。有一次，我把他扶起来说：“爸，我喂您，您一定要吃，不然病好不了。”父亲顺从地靠在被子上。我端着饭菜一勺一勺地喂着父亲，父亲很努力地吃着每一口饭菜。母亲说：“姑娘给你喂饭，你得多吃点儿啊。”父亲点着头，泪水却从眼角漫了出来。想起小时候，父亲也是这么一勺勺地把我喂养大，泪水也瞬间模糊了我的眼……

父亲去世后很长时间，我整个身心都还在一种飘忽的状态中。深深的思念让我彻夜睡不着觉，一躺到床上，脑袋里就全是父亲的影子。父亲去世的第 35 天，我们称“五七”，那天，我按家乡的风俗给父亲烧纸做的房子、车子、金山银山……我希望清贫一生的父亲能在天堂里过得好一点儿。纸楼房在熊熊大火中燃烧起来，发出了“吱吱”的声音，火光中，我依稀看见父亲惊喜地打开门，又在亲昵地责怪八哥骗他……

鞭炮声震耳欲聋，惊飞了松林中的一群八哥，它们“呼啦啦”

地从我头顶上飞过。望着它们远去的影子，我希望它们是飞去天堂，把我的思念带给父亲，更希望那只会学我声音的八哥在天堂里永远陪着父亲，让他不寂寞，让他时时能听到我的声音，让他不要忘了永远怀念他的儿女们。

父亲远征 有你相随

在漳河奋斗了一生的父亲如今已远征天国，他没有遵循“赤条条地来赤条条地去”的人生规则，而是带走了两罐“金龙泉”啤酒，只因“金龙泉”里有他为之奋斗了一生的漳河水和他珍爱了一生的酒。

酒是父亲生前最大的嗜好，他的生活信条是：宁可三餐无肉，也不可一日无酒。为了酒，父亲也不知被母亲埋怨了多少次。自“金龙泉”出世后，它特有的芬芳和既能解渴又能当酒的特性让父亲对它一见钟情、爱不释手。“金龙泉”也让母亲脸上的幽怨烟消云散。

当年修漳河，年轻的父亲一根扁担挑着两只箩筐带着我娘从湖南来到了湖北，参加了热火朝天的漳河水库大施工，从此，父亲的一生便融入了漳河的山水中。弹指一挥间，改革开放的春风为他带来了“金龙泉”，多少次夜以继日的辛劳后，父亲和他的战友们就着漳河的月色畅饮“金龙泉”，把酒当歌，听漳河唱听漳河笑听鱼儿的呢喃，醉卧杨柳岸。

父亲是漳河里的一名水手，常年在漳河里行走，漳河每一根筋络他都了如指掌。他爱漳河就像爱自己的孩子一样，他就像一位忠实的护水使者，守护着他心中的河，他绝不允许任何亵渎漳河的东西存在。他制止过向漳河吐秽的行为，他不顾危险跳入冰冷的河水中只为打捞漂浮的“白色垃圾”，他不顾恶臭打捞死禽……他每天行走在漳河边，捡拾各种各样的垃圾，成了漳河边的义务“清道夫”。

漳河的山水是父亲一生中看不够的风景，他常常独坐漳河边凝神远望。远处是黛青色的山峦，眼前是碧波荡漾、水天淼淼的漳河，身边是“金龙泉”。从日出到日落，父亲细细地啜着“金龙泉”，目光深邃而悠远。多少个早晨，他坐在漳河边听牧童清脆的叶笛、看朝霞中竞发的船帆、赏“十里画廊”曼妙的风光；多少个黄昏，他目送着夕阳西下，听观音仙岛上暮鼓悠悠、梵音袅袅，看渔舟唱晚百鸟归林、大坝锁蛟龙……想起如今红红火火的日子，那被岁月的风霜浸染的脸上舒展如菊，这时，“金龙泉”在他的胸膛里唱着欢乐的歌谣；想起和他一起建漳河而长眠于烈士陵园的战友们，他面色凝重，洒酒祭战友，“金龙泉”化作洁白的酒花呜咽入地，告慰英灵。

闻得“金龙泉”香如许，唯有漳河活水来。正是因为有千百个像父亲一样的漳河人，呕心沥血地建设漳河、守护着漳河，才有了美丽富饶的漳河，才有了清如许的漳河水，才有了香飘万里的“金龙泉”。

山青青，水碧碧，青山碧水酿琼浆，举杯相看琥珀色，竟无语凝咽。声声急声声慢，再也唤不回远去的父亲。但远征的父亲有“金龙泉”相伴，有女儿深深的祝福，他不会寂寞。也不会孤单。

“金龙泉”在父亲的心里，父亲在女儿的梦里。

雪花纷飞思念长

今天清晨起床，拉开窗帘，推开窗，满眼银色，嗖嗖的寒风卷着雪花在天地间飞舞，院子里的路被雪覆盖，只有几行脚印歪歪斜斜地印在上面。

昨天，儿子当兵走了，把我的心也带走了，说好不泪别，可一进火车站，那泪还是不争气地出来了。

19 年来，儿子基本上在我的身边成长，从没离开过我的视线，可现在却要去千里之外，而且是两年不能相见，怎不叫我牵肠挂肚。我不舍，可又别无选择。当我拉着他的手，我仿佛又有了十几年前牵着他回家的感觉，泪，再一次汹涌。儿子没有看我，把头别开了，但我还是看到了儿子红红的眼圈和闪闪的泪光。这让我很欣慰，看样子儿子也舍不得离开我，因为儿子一直都很像个男子汉，从小到大很少流泪。

儿子很优秀，为人处事、社会活动能力那真是出类拔萃，如果爱读书的话，那一定前途无量，可让我感到遗憾的是，他对读书不感兴趣，对上大学更没兴趣。这让我想起在他 5 岁时遇到一个算命先生，他说我儿子是从北方去南方的六匹驴子之一，后来投胎到我家，说他不是读书的料，只能做个技术工人或是当兵才有出息。我当时很气愤，直骂瞎子胡说八道。可后来的发展让我觉得蹊跷：其一，儿子 6 岁时学驴叫那是惟妙惟肖，无师自通，让所有人愕然；其二，儿子上小学时还在班上拔尖，可一进入初中后就叛逆得让我头痛不已，成绩是一落千丈，成了问题学生，老师常常打电话把我叫去训话。那些日子，我是天不怕地不怕，就怕老师打电话，每天提心吊胆，那时，心里已不再奢望他能上大学，只要把高中念完就“阿弥陀佛”了。

终于，儿子高中毕业了，从此，他就像脱缰的野马，很少回家，和他的些狐朋狗友们玩得不亦乐乎，市里的一些高级宾馆娱乐场所他都涉足过。他的体重也直线上升，长得像个小胖猪，我很是担心，这样下去非出事不可。于是，我让他去当兵，可他要命都不干，说要自己出去接工程当老板。儿子不知天高地厚的样子让我哭笑不得，所有的亲戚朋友都来劝说也无济于事。后来，他爸爸开了“金口”，跟他促膝谈了一个多小时，父亲的威慑和利害得失的权衡，终于把他说通了。

当儿子主动剪掉心爱的长发，换上军服后，我的心情便复杂起来，痛和爱如那漫天的风雪让我饱受折磨。儿子进了部队那座大熔炉，一定会炼成一块好钢，这一点我坚信不疑。我也知道，他从此以后就是真正的男子汉了，再也不需要我的呵护，再也不会在我面前为达到某个目的而撒娇耍赖了，他就像一只飞离了妈妈温暖怀抱的雏鹰，从此要独自体会生活的风雨、人生的艰辛了。想到这里，我的心突然怅然起来。

雪花飞飞，思念长长。儿子，愿你也像雪花一样舞出你自己的风采，如果你是一只雄鹰，就勇敢地接受暴风雨的锤炼吧。无论你在哪里，妈妈的心都在你身边，为你加油，为你呐喊。

我的兵儿子

儿子当兵已快一年了，我的思念就像决堤的洪水，怎么也拦不住。终于，年休了！不管那麻将多么诱人，也不管麻友们多么像蜜糖般黏糊，我邀了两个姐妹，背起行囊，就踏上了探亲之路。

记得那是10月28日下午3点的样子，我们一行三人从上海火车站直奔儿子的军营。到了大门口，看见几个全副武装的士兵正在站岗，清一色的迷彩服，头盔下是年轻而英武的面孔，挺着笔直的身板，像一尊尊塑像。看到他们，立马想到了儿子——那个娇生惯养、桀骜不驯、吊儿郎当的小崽子现在是什么样子呢？我见他的心情更加迫切了。

得知家属来探亲，值班室的小战士立即用电话通知了儿子的连队。不巧，儿子正在训练，不能到大门口来接，是儿子的战友把我们领到宿舍的。他们的宿舍不大，里面有六个床铺，但整洁干净，被子叠成“豆腐块”，每人有两个柜子，一个装衣物，一个装洗漱用具。儿子的床是下铺，我摸了摸，铺盖都很薄。儿子的床上收拾得很整洁，我想到他在家时一直是衣来伸手饭来张口、被子从来不叠的那个懒样，现在看到他床上的“豆腐块”，真有点儿小激动。

儿子下午五点半才结束训练。当他一身迷彩训练服站在我面前时，我都差点儿认不出来了。儿子又黑又瘦，与在家里时的样子大相径庭，而且身上少了一份稚气，多了一份军人坚毅的气质。他绘声绘色地给我们讲军营里的故事。说起他的特种训练，儿子一脸的骄傲与自豪，他告诉我们，他能用手掌劈砖，擒拿格斗也很在行，能一招制敌，懂得11种方法使人骨折……嘿嘿！儿子真是长本事了。儿子告诉我们，新兵集训一结束他就分到了别的连队，后来才被团参谋长亲自点名选进特种兵连队。他所在的连是全军的标兵连，说起他的连队，他难掩得意之色。当他小姨问他当兵苦不苦时，他的脸色马上变得凝重起来，他说，刚开始来，特别不适应部队的各种纪律约束，也想过要跑，可在新兵集训时，一个老乡就因怕苦怕累受不了那约束而当了逃兵，这件事让他和另几个老乡颜面尽失，也猛然警醒。家乡的武装部领导也为此事来部队找他们谈话，问他们要不要回家，他和几个老乡坚决表示：决不当逃兵！从此，他咬紧牙刻苦训练，一关一关地挺过来了。他给我们讲每天的5000米负重长跑、清晨5点多的硬气功训练、用酒瓶和砖砸头，攀越六七层高的楼房搞反恐演习、野外生存训练……有一次，他们正在洗澡，突然响起了紧急集合的哨声，他和战友们来不及擦干头上、身上的水和泡沫，飞快地穿戴后集合，等到夜训结束后，他才发现自己“挂了空挡”——忘了穿内裤。

儿子还有三件事让我特别难忘。

我坐了他的床，当我站起来时，床单上就有了几条皱折，他马上走过来用手将皱折抚平；他小姨不小心将点心碎末洒在了他连队的走廊上，当时周围没有任何人看见，可他立刻拿来扫帚打扫干净；因为我们去探亲，他的指导员特批了一天假让他陪我们，我们一起去了东方明珠塔、豫园、城隍庙等几个著名的景点游玩，因为他下午五点半必须返回连队，所以下午4点我们就往回赶，结果坐地铁时弄反了方向，到晚6点才赶回连队，整整迟到了半个小时。儿子一回连队马上去找指导员说明情况并检讨。通过这三件事，我觉得儿子真正地长大了，有了集体荣誉感和纪律观念，让我由衷地感到欣慰。此时，我才不得不相信部队是一座大熔炉，只要是一块好铁，就一定能炼成一块好钢。我相信，无论儿子今后的人生路怎样走，他在部队里的这段生活经历，将会是他人生的里程碑，让他受益终生。

一只行走在记忆里的狗

那只狗叫欢欢，是我养的宠物。它离开我已有十年了吧，这十年里，许多事已是过眼云烟，没留下一丝痕迹，可欢欢却一直在我记忆中行走，陪着我走过岁月的年轮，走过人世的沧桑，走向岁月的深处。每当我在梦里、在心里呼唤它时，它便驻足回首，歪着头，用前脚拨拉拨拉那扁平的黑鼻头，欢快地甩着那条蓬松如花的大尾巴，那如玻璃弹珠般的黑黑的大眼睛含笑地望着我，那一瞬，我的眼里已有千层雾，它便在那千层雾中化羽而飞……

我一直很喜欢那披着一身雪白长毛的京叭狗，因为其样子有点像石狮子，所以，我们都称那种狗为狮子狗。我小时候看电影时，看到那些贵夫人怀中抱着的温驯漂亮的狮子狗，稀罕得不得了，恨不得把手伸进银幕里去摸一把。那时，我们那地方没有这种狗，直到20世纪90年代后，在我生活中才真真实实地拥有了它。欢欢到我家那年是1995年，我儿子豆豆才4岁。

记得那是1995年春节过后不久，探亲回来的同事从她老家给我带了一只狗，说是京叭狗。那时欢欢还没满月，只有巴掌大，眼睛都没全睁开，我用手掌托着它细瞧：灰黑的细短绒毛、尖而小的耳朵、耷拉着的小尾巴，细眯的小眼睛，浑身瑟瑟地抖着。天哪！这是京叭狗吗？怎么一点儿也瞧不出那雪白、高贵、漂亮的胚子，倒像一只十足的大耗子。

这只狗太丑陋了，我当即就不想要了，可同事说，这狗太小还看不出来，今后越长越漂亮，它妈妈很漂亮的。我问，那它爹呢？同事说，也漂亮，只不过是纯黑的。我眨巴着眼，半信半疑。

以后的日子，欢欢真如同事说得一天一个样，越长越漂亮，只是毛色不纯，既不是纯白也不是纯黑，而是综合了它父母的基因，以白色为基调，背脊两侧、头顶都点缀着几大块黑褐色。它耳朵上的长毛很像现在小青年们流行的挑染，有白、黄、黑三色，我常常在它耳朵上扎上蝴蝶结，那模样又滑稽又可爱，让人笑翻天。它的眼圈是黑色的，好像是化妆师为它涂抹的眼影，很匀称，更显出它那黑玻璃珠似的大眼睛了，很有些熊猫的风采，煞是漂亮。它虽然没有纯色的京叭狗高贵矜持，但它活泼可爱，聪明伶俐，忠诚护主，有个性，还有点儿小小的“坏”。

它和我儿子豆豆一块长大，两个似乎天生就是冤家，不是你挑战我就是我撩拨你，不是你叫就是我喊，每天都得打闹一番，否则倒显得不正常了。从豆豆上幼儿园到上小学，接送豆豆放学上学，是欢欢每天必做的工作，早晨眼巴巴地送豆豆下楼，眼里是无尽的不舍，如果它能说话，它一定会说，早点儿回来，我等你玩儿呢！下午放学的时候，欢欢早早地守在楼梯口，张着两只大耳朵仔细地听楼下的动静，当豆豆的脚步声还没靠近楼房，它那雷达般的耳朵早已侦察出来了，兴奋地在楼上如狮子般地扑腾跳跃一番后便箭一般地冲下楼，两个一路疯闹着追赶着上楼来。我心里常常觉得奇怪，我们欢欢是不是也有生物钟或是心灵感应，否则它为什么每天那么准时地守在楼梯口迎候豆豆？

欢欢常常像一个孤独的孩子，希望有人陪它玩，有人陪它疯，但它除了豆豆和我以外，是绝不允许任何人抚摸和靠近的，谁要是有这样的举动，它就会龇着尖牙，咧着大嘴，喉咙里发出愤怒的低吼，那样子十分骇人，因此，即使它再可爱，人们也不敢对它造次。我是威严的主人，它对我是敬畏的，平时看着我的脸色行事，所以，它也只有豆豆这一个伙伴了。只要豆豆在家，那么，欢欢就变成了牛皮糖，缠住他不放，非让他陪着玩不可。豆豆写作业，它便躲在写字台下，啃他的脚，扯他的裤子，不让他写，把豆豆惹毛了，他就一边写一边用脚掀它，再不改悔，便被豆豆拖着耳朵赶出去，然后“砰”的一声关上房门。也许耳朵有点儿痛，欢欢会用脚爪摸摸耳朵，然后自嘲似的摆摆头，像个无趣的孩子很安分地坐在门前盯着门。但这种安分只是暂时的，几分钟后，它便站起身来，用两只前爪拼命挠门，豆豆则在房里怪声怪气地唱歌，得意地坏笑。

欢欢和豆豆最爱玩的游戏是在家里躲猫猫，我常常很开心地看他俩做这个游戏。无论豆豆躲在哪个角落也无论他躲得怎样隐秘，它都能把他找出来，这让豆豆万分沮丧，如何才能让欢欢找不到？他苦思冥想，终于想到一个地方——冰箱。这次真是难为了欢欢，它摇着尾巴屁颠屁颠地从这个房间找到那个房间，就连厕所、洗漱间、储藏室都找遍了，连平日里豆豆最爱躲藏的大衣柜都扒开了，愣是没找到小主人。这会儿它急了，摇着尾巴来到我跟前望着我，那样子像是求我给它一点暗示，而我假装看电视不理它。见我没反应，它有些失望，坐在地上沉思了一会儿，然后站起身，好像想出了主意，只见它撅着屁股，摇着大尾巴，用鼻子在地上细细地探测豆豆的气味，一直嗅到冰箱前停住了，那熟悉的味道在门前消失了，难道小主人就躲在这里面吗？它歪着头打量着冰箱，有点儿不敢确定，它又贴着冰箱门嗅了嗅，顿时兴奋了，小主人就在里面！它高兴地用爪子刨门，那意思是：出来吧，我找到你了！听到扒门声，豆豆知道自己被它找到了，这是他们之间最默契的约定，不得耍赖。豆豆只好狼狈地钻了出来，欢欢高兴地扑上去，两个又疯闹成一团。

欢欢的喜怒哀乐都能从它的脸上表露出来：它高兴的时候，那张扁平的大嘴一直裂到耳边，眼睛睁得圆圆的，闪烁着喜悦的光芒，尾巴卷成一朵盛开的白菊，一看就觉得它在笑；不高兴的时候，它的嘴会紧闭，眼光黯淡，尾巴耷拉着，一看就让人心里一沉。它伤心时还会哭，而且会流泪。

豆豆也有他的小伙伴，当他要出去找小伙伴玩时，欢欢就像打翻了醋坛子，很不高兴，有时还咬着他的裤脚不放行，可它毕竟是一只狗，怎么能留得住豆豆那种顽劣的小男孩呢？它气恼地盯着豆豆离去的背影无可奈何，只能恨恨地吠几声表达心中的不满。无论它如何喜欢小主人，也绝对不会跟着他走，因为它的视线里不能没有我。于是，它把对豆豆的不满一点一点地记在心里，伺机报复。这个机会当然由我给它创造。豆豆淘气，常被我惩罚，每次揍豆豆，欢欢开始都表现得异常兴奋，在它眼里，我是在和豆豆玩闹，于是它幸灾乐祸，扑上来就帮忙，咬豆豆的脚腿、胳膊、屁股、脑袋，豆豆既要防我的巴掌，又要招架欢欢的啃咬，手忙脚乱，当豆豆惊天动地的哭喊声和求饶声让欢欢终于意识到这不是一场游戏，而是小主人的灾难时了，它愣住了，继而呜咽几声后，怏怏地趴在一边，默默地哭了，在地板上留下一摊泪水。

忠诚是狗的特性，而欢欢的忠诚又更胜一筹。我曾听人说，一只动物在它出生后第一眼看到谁，就会一生认定谁。也许是它一睁眼就看到我的缘故吧，所以，它对我就像一个孩子对母亲一样眷恋。它几乎和我形影不离，无论走到哪里，它就像我的影子一样，这让我欢喜让我烦。特别是上班时，它每天一定要跟我去办公室。那时我住在六楼，办公室在四楼，通常是我还没走到办公室，它就蹲在了办公室门前。作为办公场所，老蹲着一只虎视眈眈的狗，这像话吗？我想了很多办法阻止都无效，最后我恼了，拿着棍子要揍它，它一看这阵式，夹着尾巴撒腿就往楼上窜，我心里一阵窃喜，以为它真的回家了，可还没等我坐稳，余光里就有一道白影掠过，再一低头，它又蹲在我的办公桌下面了。如此反复，它也很懂“敌进我退”的游击战术，我追一层，它上一层，我不追它也不动，把头伸出楼梯扶手的空隙里窥视我的动静，等我一转身，它又冲下来跑进了办公室，让我不胜其烦，最后只有举手投降。好在它很自觉，不吵不闹地隐蔽在桌下，除了我，谁也没发现它的存在。

欢欢绝不容许别人对我不敬和侵犯，它像我的一个保护神，更像一个忠实的保镖，无论到哪里，它都会先侦察周围的环境，很警惕地东嗅嗅西望望，如果发生周围有狗、牛之类的动物，它会大声吠叫，仿佛在警告它们：不许来烦扰我的主人！每当我走夜路时，它就负责断后，如果我后面有人，它就会停下来，两眼很警惕地盯着那人，露出两对尖利的牙，喉咙里发愤怒的咆哮，吓得后面的人赶紧绕道走。我爱打麻将，常常一玩一通宵，它就在我身边守一通宵，实在累了，它会把头枕在我脚上睡一会儿，只要我一动，它立马醒来，警惕地盯着我的三个牌友，看她们是不是有什么不轨。朋友们看到它那样，甚觉好玩，常故意作势欺负我，欢欢便不顾一切地冲上去狂吠乱咬，追得朋友们四下逃散。朋友们常打趣说：“它莫非是前世欠了你什么吧，不然今生怎么如此护你黏你啊？”

它受了委屈也会发脾气，偶尔还会小坏一把。记得有一年夏天，天气很热，我看它披着一身厚厚的长毛，热得难受，便想给它剪了，让它凉快凉快。可它爱美，硬是不让剪，拼命地反抗。我恼了，招呼豆豆把它按在地上，三下五除二地将它的长毛剪了个干净。当它在穿衣镜里看到自己被剪得参差不齐的怪模样时，气坏了，先是对镜子愤怒地低吼几声，掉过头来又追着豆豆咬。豆豆一下了爬到书桌上，冲着它手舞足道地怪叫。它心中的气愤无处排泄，便拿自己的尾巴出气，追着自己的尾巴团团地咬，还是不解气，就一下子蹦到了我的床上，蹲下，当我明白它的意图时，为时已晚，床上出现了巴掌大一块尿渍。我气坏了，揪着它的耳朵拍了它几下，它哀号几声后逃进了豆豆的卧室，我忙着收拾床单，这时，房里传来豆豆的尖叫声：“妈妈，欢欢在我床上拉屎了！”瞧瞧，这还是狗吗？报复性忒强！

欢欢走丢的那一天是 2000 年的 5 月 2 日上午，我去商场买洗衣机，因为是长假的第二天，街上依然是人山人海，我带着豆豆、外甥女和欢欢，在人群里穿梭。商场为了促销，搭台演出，节目很精彩，我驻足看了一会儿，一扭头却发现豆豆和外甥女都不见了，我顿时慌了，心急火燎地在人海中寻找，好不容易才把两个孩子找到。可欢欢却不见了，我疯了似的找了几条街，嗓子喊哑了，可再也没见欢欢的影子。我找了一天又一天，找了一年又一年，它就像一片云彩从我的生活中彻彻底底地消失了。

欢欢的走失就像一场噩梦，很长一段时间，我都无法从这个噩梦中走出来，心里一直有一种负罪感。欢欢是一只极为聪明的狗，回家的路只要走一次，它就会永远记住，可我每次上街不是打车就是坐公交，从来没走过路，这就是导致它找不到家的一个重要原因，如果我带它走一次，无论多远，它一定会找到家。可我没有，因此我悔！我不敢想象它走失后的种种遭遇，它饿了怎么办，它是不会让陌生人靠近的，更不会吃别人的东西。它吃东西也极为讲究，极为精细，极为斯文，如一个优雅的女子，在那些流浪的日子里，它以什么果腹？在漫天的风雪中，它又在哪里取暖避寒？我希望它能改变自己的脾性，能接纳别人的施舍和救助，这样它才能生存下来，我知道这对它来说都太难太难。

欢欢虽然从我生活中离去了，但它没有从我梦中离去，常常在梦里看到它、听到它的叫声，醒来时只有漫漫的夜色和呼啸的风声，让我暗自神伤。在以后的日子里，我也试着再养狗，也取名叫欢欢，可每次都失败了，那些“欢欢”要么呆头笨脑的，要么就是一副见人就谄媚的奴才相，全没有欢欢那种傲视一切、唯我独尊的风骨，让我看了生气，索性绝了养狗的念想。只是每次看到那些狗，眼里就闪出欢欢的影子，心里就涌出一阵酸楚，我似乎变成了祥林嫂，见人就想说欢欢，每次和朋友说起欢欢的聪明伶俐、忠诚、顽皮、小坏时，在朋友的一片赞叹声中，我泪光盈然。

思念绵长岁月瘦。十年的光阴似一把剪子，剪掉了我飞扬的青春、剪掉了我梦想的翅膀、剪掉了我人生中的枝枝蔓蔓，可它却不能剪掉欢欢的影子。值得欣慰的是，我用相机永久地保存着它可爱顽皮的模样，想它的时候，拿出来看一看，想起它和豆豆疯闹的样子，想起它的淘气、想起它干的一些“坏事”，我兀自笑了……

宝塔糖

双休日，我带着小外甥女逛超市，来到糖果专柜，五彩缤纷、琳琅满目的各式糖果让我目不暇接，我将大白兔、喔喔、金丝猴等几种知名奶糖各买了几斤。看着外甥女香甜地咂吮着奶糖，突然让我想起了小时候吃的宝塔糖，那一丝丝的清甜在舌尖上慢慢地散开……

大约20世纪60年代出生的人，都忘不了宝塔糖。常言道：马瘦毛长，人瘦虫多。在那物质极为匮乏的年代，一切都在计划供应之列，唯独宝塔糖不要计划，因为它是一种专打肚里蛔虫的药。宝塔糖是一种宝塔形的药，由糖面制成，它那粉红、嫩黄、浅绿、雪白的色彩让我对这个世界充满了幻想。那些鲜艳的色彩让我对“美”有了一种朦胧的认知。那时，家里条件不好，连饭都吃不饱，哪有钱买糖吃，可肚里的蛔虫却很不识时务，和我们争着肠胃里那点儿可怜的油水，闹得我们面黄肌瘦，常喊肚子痛。这时，母亲就买回一大罐子宝塔糖给我们打虫，这是我们盼望已久也是最幸福、最兴奋的时刻。我们眼巴巴地望着母亲的手在罐子里抽进抽出，按年龄大小分配宝塔糖。因此，哥哥往往会比我们多分几颗，让我们羡慕不已。

放一颗宝塔糖入口，轻轻地吮吸，那清甜的滋味在唇齿间潺潺地流动。打虫一般需要六天时间，这六天里每天都能吃上几颗宝塔糖，吃糖期间也有很多禁令，比如不能吃荤腥之物，不能吃花生、瓜子之类的香脂之物，有点儿像吃斋。可我总是不遵守这些戒律，有时甚至故意破戒，因为我心里也有个小算盘：把虫全打下来了，我还吃得上宝塔糖吗？放蛔虫一条活路也是饱自己的口福。因此，我总是闹肚子痛，惹得我母亲奇怪极了："你那肚里的蛔虫是不是成精了，怎么总也打不干净？"可她永远都不会知道我心中的"小九九"。可我终究还是因贪吃出了问题。有一次，母亲买回来一罐宝塔糖，趁母亲不备，我偷偷地吃了一半，母亲发现后，把我们兄妹几个都喊来"审问"："谁偷吃了宝塔糖？"可兄妹几个都说没吃，我虽做"贼"心虚，但还是挺着胸膛，昂着脖子说："我没偷吃。"母亲见我们都不承认，也没辙了，叹了一口气说："那是药，不是糖，会中毒的，等会儿你们就知道厉害了。"会中毒？我的心里闪过一丝恐惧，但一想到宝塔糖那温柔的清甜，美丽的色彩，我认定"中毒"一说是母亲骗我"招供"的圈套，我才不要上当呢！但没过多久，我的胃就难受极了，恶心、头晕、心慌，便蹲在地上"哇哇"大吐，把偷吃的宝塔糖全吐了出来，铁证如山，我被逮了一个现行，这事后来被兄妹们当成了笑料，一直笑到现在。

随着时代的进步，医学的发达，宝塔糖已退出了人们的生活圈。现在，各种各样的治虫药比比皆是，然而宝塔糖却整整影响了我们这一代人，它带给我们的是那个时代一种单纯的清甜，也给我们这代人带来了健康。

看到吃着糖蹦蹦跳跳的可爱的外甥女，我真是羡慕她们有如此美好甜蜜的童年，我真诚地希望这种幸福甜蜜的日子天长地久。

心祭

今年正月十九，是婆婆三周年的祭日，我倚在婆婆的坟前，仿佛又偎在婆婆那博大而温暖的怀抱中。此刻，我的泪又像那断线的珠子，洒在皑皑的雪地上，寒风呼啸，撕碎了我那颗悲伤的心，撕开了我脑海中那份崭新的记忆……

婆婆出身大家闺秀，贤淑、端庄、聪慧，翻过这页历史，让我接受她时，她身上又多出一份老人特有的慈祥、和蔼，那时，我还未过门，“丑媳妇终要见公婆”的想法使我忐忑地走到婆婆面前，谁知我们一见如故，很快就成了一对亲密无间、无话不谈的好朋友。我和婆婆相处了整整一年，我们朝夕相伴、抵足同眠。365个日夜里，我忘不了婆婆给我的关心和爱护。忘不了婆婆接送我上下夜班的情形。无论风雪、雷雨，只要看见大坝上婆婆那高大的身影，我就平添了走出黑暗的勇气。无论是一块西瓜或是一碗饺子，婆婆总是不辞劳苦上下几百级石阶送到我手里，这对于一个年迈体胖的老人是一件多么不易的事。我心里明明白白地感受到婆婆分明是送给我一颗拳拳的慈母心啊。由于我年轻，生活阅历少，婆婆又是我生活中的导师。记得有一段时间，我和未婚夫之间发生了最严重的感情危机，当我在感情的十字路口徘徊时，是婆婆力挽狂澜，极力帮助我走出感情的漩涡，她老人家对我说：“孩子，别听信别人的说三道四，有的人希望你们花好月圆，白头到老，而也有人希望你们劳燕分飞，以达到他们肮脏的目的。做人就是要有主心骨，要相信自己……”婆婆的谆谆教诲，就像黑暗中的一盏明灯，驱散了我心头的乌云，让我现在拥有一个幸福温暖的家。

乡土难离。在我新婚的第三天，婆婆又回到了阔别一年的河南老家。谁又能料到，这一别竟成了我们之间的诀别！

也是那风雪交加的日子，月子中的我忽然接到婆婆去世的噩耗，巨大的悲痛使我不能自已，丈夫百般劝说才阻止了我回河南奔丧的念头。半个月后，丈夫安葬了婆婆回来，给我讲了一件让我一生都不能忘怀的事。原来，电报有误，当丈夫赶回老家时，婆婆还在弥留之中，她似乎在等待什么，但谁也不明白她在等待什么，当我那粗心的丈夫终于明白她老人家是在等待媳妇和她未见面的孙子时，老人已足足与死神抗争了半个月。丈夫俯在她耳边告诉她关于我和她小孙子不能回来的情况后，她才渐渐地闭上眼，然而，眼角里却滚出了一串串晶莹的泪珠。婆婆就这样走了。

岁月匆匆，往事如烟，时光的流失可以冲淡心头的悲伤，可以冲淡失去亲人的痛苦，却冲不淡我对婆婆那份浓浓的思念。每逢佳节倍思亲，备一桌佳肴，祭一杯佳酿，让婆婆和我们一道分享节日的快乐。有多少次梦里相见，执手相看，但笑不语，醒来却是满枕的泪迹。常听人说，人死后就会变成天上的星星，于是，每逢繁星点点的夜空，我都在仔细寻找婆婆的影子。望着那深邃的星空，我默默地祈祷：来生来世您还做我的好婆婆吧！

风雪黄昏，归去吧归去吧，我似乎又听到了婆婆那疼爱的催促。望着漫天风雪，我知道我们阴阳相隔，相见再无望。就请这片片飞雪带去我深深的问候，告诉我那敬爱的婆婆：思念她的人是我！牵挂她的人是我，离不开她的人是我！是我！还是我！

第二辑

童年的小秋收

童年的小秋收

童年的趣事很多，多得向沙滩美丽的小贝壳，被时间这条金线串成一串挂在心上，挂在记忆的深处。成人后，我每每烦心的时候，便把这些往事搬出来，细细地想，细细地品，想着想着不禁哑然失笑，烦恼便烟消云散了。

童年，大自然赐给我无尽的乐趣。自入学后，我便着魔似的恋起小人书来。那时候家境很不好，几分钱都很宝贵，大人们是不会轻易给哪怕一分钱的，每天放学后，书店是我的第一去处，我在柜台旁晃来晃去，贪恋地望着玻璃柜里的小人书，只到营业员关门下班后才恋恋不舍地离开。

为了买小人书，我自己寻思着去弄钱。那时，学校非常提倡勤工俭学，把学生自己挣的钱叫"小秋收"。

春季到了，我们便满山遍野地挖蜈蚣，采金银花。记得有一次我被蜈蚣咬了，那种刻骨铭心的疼痛至今记得。有一次，听高年级的学生说，有土堆的地方蜈蚣最多，于是就专找土堆挖，不想挖开了一座坟，吓得我魂飞魄散大病了一场。采金银花须很小心，因为幽香怡人的花丛是毒蛇栖身的天堂，尽管如此，初生牛犊不怕虎，只要能采到金银花，我便什么都不怕了，一斤金银花就能卖五角钱，这五角钱对我来说也是一个大数了。夏天，我到化肥厂捡煤球卖，秋天采喇叭花籽、扁豆籽卖，最恨冬天，望着漫天大雪，只能像卖火柴的小女孩那样想入非非……

想起来很好笑，那时候我走在路上，总像一只猴子一样东张西望，连一小段麻线都要捡起来去卖。在那艰难的日子里，小秋收让我圆了童年许多梦，几百本小人书是我精神上宝贵的财富，伴我度过童年坎坷的岁月。

忘不了童年，忘不了童年的小秋收。

故乡的老火塘

车，在回老家的路上飞驰着。坐在车里，我无暇顾及窗外闪过的田园风光，心早已飞向那“品”字形的泥墙黑瓦的老屋，安坐在那温暖的老火塘旁……

我的老家在湘南的一个小山村，一进入冬季，家家户户便燃起了老火塘。火塘是湘南人家一道最具特色的风景，一个家庭是否富足，首先要看火塘里的火，再看火塘上方熏制的腊货，这也是湘南未婚姑娘看“人家”的最基本也是最重要的一件事。火塘烧得越旺，火塘上挂的腊货越多，就是家庭越富足的象征，姑娘就愿意嫁进门，外人也会称道这家主人勤劳和持家有方。家乡人好面子，再穷的人家也会在春夏秋三季拼命地劳作，养肥年猪和鸡鸭，备足柴蔸，就为冬天那轰轰烈烈的老火塘。

我就在外婆家的老火塘旁度过了童年和少年时代一个又一个寒冷的冬天。俗话说：大人望种田，小孩盼过年。小时候我最盼的除了过年就是外婆家里那热烘烘的老火塘。外婆家在当地可以说是很富足的，那时，外公是吃公家饭的医生，每月都有固定的工资，对于20世纪70年代的乡村来说，这是让乡亲羡慕不已的，再加上舅舅和小姨都是能挣工分的硬劳力，所以，外婆家的日子过得红红火火。外婆家的火塘也是烧得最旺、最热闹的地方。每到夜幕降临，外婆就拿起吹火筒，鼓起腮帮子，扑在火塘边“噗、噗”地吹起来，一阵烟过后，火光渐显，外婆忙着往火塘里加柴，不一会儿，火塘里的火就燃了起来。一家人便围在火塘边烤火聊天，有时外婆会拿几个红苕或是煮过糖后的麦芽红苕渣揉成的麦芽粑粑，埋在火塘的热灰里，烤好后，红苕焦香甜润，麦芽粑粑有一股特有的麦芽清香，看我吃得香甜，外婆慈爱地笑了，笑得满脸菊花开。

冬月的火塘收藏着乡亲们许多喜悦：丰收、婚嫁、添丁……它以最独特的方式祝贺这些喜悦的乡亲们，那就是熊熊燃烧，亲昵地亲吻悬挂在火塘上铜饮壶，铜饮壶便“咕嘟咕嘟”地唱起一支支欢乐的歌谣。这时，外婆拿出自家种的、早已炒熟的芝麻、黄豆，用小石臼捣碎，加上茶叶和盐，把它们分装在搪瓷杯子里，取下的那熏得黢黑的铜饮壶，把沸腾的水冲进杯子里，顷刻，一股浓郁的芝麻豆子的香味弥漫了整个老火塘，那就是我家乡有名的“擂茶”。就着香浓的擂茶，家事国事天下事聊得异常热乎，乡情亲情也在火塘中升华，随着袅袅香气滋润着每个人的心田。喝足了，聊完了，客人把茶杯里的芝麻豆子连同茶叶一同吃掉，以示对主人的尊敬和谢意，然后打着香嗝，踏着夜色各自回家安歇。

腊月里，年猪杀了，鸡鸭宰了，全部的腊货腌制好后挂在火塘上那黑黑的屋梁上，烟火日熏夜燎，这样熏制的腊货放多长时间都不会坏。腊月也是湘南人家最忙的时候，家家户户都忙着准备年货：炒米子、煮糖、打糍粑……每家的火塘除了自家人外，绝少有客人光临，只有那静静地挂在老火塘上的腊肉时不时地滴下一些油，来个“火上浇油”，让老火塘的火苗兴奋地笑一下。

过了腊月，老火塘更加热闹起来。正月里，老火塘一定要突出一个“旺”，家家户户都拿出最熬火、又烧得旺的松树蔸架在火塘上。饱含油脂的松树蔸烧得“噼里啪啦”，更增添了家里的热闹气，火塘里，每个人的脸都被烤得如喝了老酒一般红红的。拜年的客人来后，主人就会拿出自己做的糖食：米子糖、芝麻糖、扭扭糖、锅巴糖……满满地摆在火塘边的桌子上，冲上擂茶，火塘上烤着糍粑，让客人尽情地享用。到家乡做过客的人都知道有这样一句顺口溜来形容家乡人的好客：湘南人，礼性大，冲擂茶，烤糍粑，诚心诚意劝客人呷。此话的确不假。

其实，最热闹最捣蛋的还是孩子们，他们走东家串西家地拜“跑年”，衣袋里装满了吃食和捡来的鞭炮，他们绝不会守在主人家的火塘安分地烤火喝茶，而是疯闹，时不时地来点儿恶作剧，趁人不备，丢个鞭炮在火塘里，一声脆响，不仅把烤火的人吓一跳，而且炸起了火塘里腾腾的灰雾，弄得主人客人一身的灰。但客人主人是绝不会发怒的，而是作势起身来捕捉这些顽皮的孩子，孩子们便惊叫着一哄而散，又到别家闹去。

无边的遐思被刹车声拉了回来，定眼一看，已到了目的地，跳下车，直奔外婆家。我已近 20 年没有回老家了，就连外婆去世也没能回来。此时，踏在故乡的土地上，我的心无法抑止那份回家的激动和喜悦。通往外婆家的小路依旧，只是路边的树已是老态龙钟了，我加快脚步，往外婆家走。

到了！到了！终于到了我魂牵梦萦的老家。可是，那“品”字形的泥墙瓦屋已不见了踪影，取而代之的是一栋两层小楼，如果不是舅舅迎了出来，我还真以为走错了地方。进了舅舅家的门，那向往已久的老火塘没了，木椅木桌也没了，取而代之的是空调、沙发、茶几，舅家的一切摆设都和城里人差不多。看到舅家全新的变化，我的心里既为他们高兴，但又有些遗憾，记忆深处的老火塘再也看不到了。可湘南人的好客习惯依旧，舅舅忙着为我冲上擂茶，摆上茶食，围着我问长问短，舅妈则杀鸡宰鸭地忙着为我做饭。

吃罢午饭，在舅舅的陪同下，我去给外婆上坟。外婆的坟上已是芳草萋萋，跪在外婆的坟前，我焚香而拜，祭奠我那慈祥的外婆，也祭奠那消失的老火塘。

守望白河

流经我生命中的河，除了澧水、漳河外，还有一条让我痛彻心扉的河，那条河叫作白河。

白河，爱人故乡的河，曾经让我情定终身的河，那是一条怎样的河啊！目睹了澧水的狂野，感受了漳河母亲般的温柔娴静，却不忍回首那条养育了我爱人的河——白河。

湘女欲嫁河南夫。20 世纪 80 年代末，当我第一次随未婚夫到河南南阳一个小村过门认婆婆，我便认识了那条绕过村庄、带着鸡鸣狗吠牛羊的哞哞声欢快奔跑的白河。看到这条清澈的河流，我大吃一惊，在我肤浅而固执的印象中，河南是一个极度缺水的地方，那里田地龟裂，人们灰头土脸，一年难得洗几次澡，因此，我怎么也不愿到河南来认亲。在未婚夫百般缠绕下，我极不情愿地踏上了河南的地界。没想到河南还有这么美的河流，正是看了那条如玉带般的白河，让我改变了对河南的印象，也正是那条白河，让我下定决心嫁了憨厚耿直的河南人。

记得那是过门的第二天，婆婆就带着我穿过田地里茂密的青纱帐，来到一片墓地。我以为婆婆带我来奠祭过世的公公，可婆婆却带着我穿过了这片墓地。我的眼前豁然一亮，一条清清的河流就在我的脚下，河面不算太宽，有一百来米，但很长，从北向南静静地流淌，河的对岸是一片高大的防护林，透过树隙，我看到了氤氲在淡淡雾霭中的村庄，而我身后这片长长的坟茔却有些煞风景，我不仅皱起了眉头。婆婆看出了我的心事，用浓重的河南口音对我说："孩子，咱们这里的老人最后的心愿就是能住在这里！"

我不太明白婆婆的话、但不好意思刨根问底，也不清楚这里的老人们为什么会有这样的选择，按我们湖南的风俗习惯，老人们都会选择山丘林地的朝阳处作为自己最后的归宿，绝不会选在水边。我想，这大概就是河南的风俗吧。

沿着河岸，我和婆婆边走边聊边欣赏两岸的风景，不觉有些口干舌燥，我蹲在河边，掬一捧清水入口，那沁人肺腑的甜让我由衷赞叹："啊！真甜！"婆婆笑了，说："走，我带你去找更甜的东西。"

婆婆带着我走进一片梨园，只见青青的大鸭梨几乎压断了树枝，我们不得不弓着身前行，走近梨园深处的人家，那是一个简易的草房，一条大黑狗狂吠着向我们扑来，这时，从屋里传出一声断喝，一个黑红脸膛的汉子迎了出来，大黑狗听到吼声，收起凶狠之势，摇着尾巴跑向它的主人。那汉子热情地为我们搬来椅子，又麻利地摘了几只梨让我们解渴，那梨很甜，有一股特有的清香味。屋后隆隆的机器声震耳欲聋，我问那是在干什么，那汉子歉意地搓着手说："在给梨树抽水抗旱呢。"我说："这梨结得这么厚，今年又是个好年景啊。""当然，这不多亏了有这条河嘛，有水啥事都不用愁。"汉子颇为自得地说。

告别了热情的河南汉子，婆婆又继续带我参观了河边的苹果园、葡萄园、西瓜园……清澈蜿蜒的白河、白河边美丽的田园风光以及热情淳朴的河南人似乎一下拴住了我那颗游离的心，于是我不再犹豫，含笑嫁与河南夫，成了地道的河南媳妇。

再见白河，已是2001年早春，那是婆婆去世十周年的祭日。十年前，婆婆也住到了白河边，自婆婆去世后，我再也没去过白河，但心中却从不曾忘记她。她的纯净、她的柔媚她的甘甜……是我心中长存的一道风景。梦里寻她千百回，蓦然抬头，几乎让我失声：白河，白河，我梦中的白河呢？如果说，十年前是白河是一个体态丰盈的美少妇，而如今眼前的这条河又算什么呢？她如同一个中风后瘫痪在床、无人照顾的干瘪的老妪，站在她的身边。一股股臭气肆无忌惮地钻进我的鼻子，熏得我几乎作呕，裸露的河床上一洼洼长着褐色藻类的积水在阳光下闪烁着七彩颜色，她已失去了作为一条河的标志。看到这一切，我的心猛地抽搐了一下，疼得有些窒息。

我不甘心我所看到的一切，便沿着十年前曾让我倍感甜蜜的路一路追寻，希望还能寻到昔日白河清冽的影子，哪怕是一缕细流。就这样走了五六里路，可我失望了，那如臭皮蛋的刺鼻味道始终伴随着我，浸入我身体的每一个细胞，越走越烦躁，心里好似窝着一团火，不觉有些口干舌燥，这时，那青青的大鸭梨突然在我脑子里一闪，让我驻足。我觉得有些不对劲，走了一个多小时，怎么没见到那片梨园呢？记得那次到梨园只需要 20 分钟的样子啊，难道是我太专注于白河而忽略梨园了吗？我对白河已不抱任何希望了，还是去看看那片梨园吧。

返程的路上一路寻寻觅觅，除了趴在地皮上的疏落的麦苗外，一直走到那片墓地也没看到梨园的影子，我有些不解，那可是有约十来亩地的梨园啊，怎么连影子都不找不着了，难道是我记错了地方？正在我纳闷之时，耳边传来“叮当叮当”的声音，我扭头一看，只见一个老大爷赶着几只绵羊向我这边走来，我忙迎上去问：“老大爷，这不远的地方好像有一个梨园吧？怎么不见了？”老大爷听出我是外乡的口音，眯着昏花的眼打量了我一会，然后叹了一口气说：“有的，不过前几年就全砍了。”

“砍了？”我惊讶地张大嘴问，“为什么？”

“唉，都是因这条河啊，水坏了，树也死了，造孽哟！”老人摇了摇头，挥着鞭子赶着羊走了。

望着老人远去的背影，望着那条已成为记忆的白河，站在风中的我黯然神伤，我再也不想看到这条遍体鳞伤的河流了，我猛地转过身想逃离这里，可一抬头，那一座座坟墓再一次映入我的眼帘，它们就像一个个老人悄无声息地站在那里，坟头上的荒草在风中发出“嘶嘶”声音，仿佛是他们低低的啜泣声。他们也在为白河哭泣吗？婆婆的话又在我耳边回响：“孩子，咱们这里的老人最后的心愿就是能住在这里！”为什么他们都想住在这里？我把目光再次投向白河，想在这里找到一个永久的答案，可我没能如愿。

十年前我听到了白河的笑声，十年后我听到的是老人们的啜泣声。白河巨大的变迁，满目疮痍，我该说什么，我又能说什么呢？

我怏怏地穿过墓之间的那条小路踏上归程，夕阳西下，把我的影子拉得很长很长。一想到我可能再也不会来看这条伤心的河了，心里立刻就泛起一阵痛楚，我最后一次回望白河，可依然是那一片坟挡住了我的视线。夕阳下，每一座坟都笼罩在一片金色之中，热切而不失肃穆，他们默默地矗立在那里，十年、百年、千年……仿佛是白河忠诚的守望者。突然间，我似乎明白了老人们为什么会选择这里作为他们最后的归宿。我想那一定是因为他们都揣着一颗感恩的心。白河是他们的母亲河，她的乳汁养育了他们和他们的祖祖辈辈，无以为报，那么就让自己化作一抔尘土依偎在白河的怀抱，快乐着她的快乐，悲伤着她的悲伤，企盼着她的企盼。无论风霜雪雨，痴心不改痴情不移，他们如一群忠诚的卫士，站在白河边，为母亲河的健康、为子孙后代的福祉，默默地守望，默默地祈祷，1000年抑或是一万年。

寻踪沙滩河

我来了，沙滩河！

我记忆中最亲切最温暖的一条河，40年来不曾谋面的一条熟悉而又陌生的河，一条梦里梦她千百回的河。无数次，在父亲的坚实的膝上，在父亲温暖的怀抱里，在父亲“吱呀”的桨声中，我听过她的歌，我梦过她的影，我趟过她的河……

在这个五月，我如同一个虔诚而执着的朝觐信徒，经过漫长而艰辛的心灵匍匐，来到了她的身边，带着一颗感恩的心……

我来了，沙滩河！

五月的沙滩河像一个骨感十足的女子静静地躺在群山间，只有河床上那些大大小小的鹅卵石让我想象出她的狂野和奔放。而五月的沙滩河是安静的，如在鸟语花香中、在树木逢春时抱膝小憩的美人，长发随风向东飘逸，浑身散发着淡雅的气息，让五月醉了，让我也醉了。

就是在这样的五月里，父亲也来了，他如远古部落的勇士，左边挎鱼篓，右边挎着长节手电筒，腰别砍刀，手握钢叉，走进了沙滩河。沙滩河在无月的夜里静候着父亲的到来，如一位多情的女子等着心爱的情郎。当那长节的手电射出雪白的光柱，惊醒了树上夜栖的鸟和草丛中的蛙虫时，她知道，父亲来了！她笑了，银铃般的声音和着鸟啼虫鸣撩拨着父亲那颗燥热的心。她乖顺得如同一只小猫咪蜷伏在父亲的腿边，用千般的柔与万般的媚轻轻地爱抚着父亲，让父亲不再感到夜的黑与静寂，让父亲的身上陡然生出一种力量和责任，这种力量和责任似乎让父亲看到了河那边妻儿老小饥饿与瑟缩的身影。父亲定下神来，两眼机警地随手电光移动，突然，他的眉梢向上一挑，手中的钢叉便带着一阵风和一个优美的弧线扎进了水里，于是父亲的鱼篓里便开始了欢乐的舞蹈……

无数个五月，父亲演绎了无数个渔猎的故事。也在无数个五月里，父亲手握弯刀穿梭在沙滩河的崇山峻岭中。

五月，葱郁的树木就像沙滩河美丽的秀发，父亲手中的弯刀，就是一把神奇的梳子，细细地为她梳理。哪里的树枝密了，父亲就为她疏枝剪叶，让那一米阳光洒满每一片枝叶，让每一片叶子的笑容都印在父亲的脸上；父亲决不能容忍有一丝丝的沧桑浸染沙滩河，每年五月，父亲都会如同一只啄木鸟，不辞劳苦，为沙滩河细细地清理每一根枯萎的发丝，一点一点地把它们剔除，装上小船，运回家，化作熊熊火焰，温暖着家人，温暖着一个又一个苦难的日子，也让沙滩河永远充满生机和自信，永远年轻美丽。

我带着对父亲的思念，走在沙滩河那长长的河道上，用心感受着每一块卵石，每一根草木，是它们陪伴父亲走过一个个寂静和孤独的夜，淌过了一汊汊湍急的水流，它们每一个细胞里都记下了父亲的气息。此时，我似乎闻到了一股淡淡的熟悉的香烟味道，恍惚间，我看到了一夜辛劳后的父亲正坐在沙滩河边的岩石上惬意地抽着烟，一明一暗的烟火永远地定格在这山水之间……

我来了，沙滩河！我轻轻地静静地来了，在这空旷的山间小路上，在这潺潺的河道边，寻寻觅觅，追寻着父亲远逝的足迹。问青山，父亲是否依然在为你梳妆？问沙滩河，父亲是否又让你的心荡起阵阵涟漪？青山无语，绿水凝噎！

父亲已去了天堂，而美丽的沙滩河就是他梦中的天堂，我深信，父亲一定在这山水中的某一个地方默默地注视着我，含笑也含泪。

风起树啸啸，那是父亲为我唱的歌；鱼跃水潺潺，那是父亲为我准备的礼物。

沙滩河，我来了！

蝶恋水

又到了五月，在我的心里又多了一份牵挂，为漳河里那一群群因为爱水而涅槃的白蝴蝶。

蝶恋花是千古不变的自然现象，而蝶恋水却鲜为人知，这便是漳河景观中的奇观。为了那一河碧水，蝴蝶们前赴后继，不惜牺牲自己的生命。看了这一幕，“问世间情为何物，直叫人生死相许”这句词在我的心里久久地吟唱……

去年五月初，我和朋友坐船到漳河观音仙岛游玩。五月的漳河，山青了，花开了，水秀了。在蓝天白云的映衬下，漳河就像一块碧玉镶嵌在群山的怀抱里。其实说漳河像玉，倒不如说她像一面巨大的镜子更贴切，岸边的树映在这面“镜”里，更显葱绿，岸边的花对“镜”相看，更显得千娇百媚，就连那空中飞翔的鸟，都会忍不住在这面“大镜子”前或盘旋顾盼或驻足梳洗或戏水嬉闹，流连忘飞。

我倚栏远眺，整个身心都沉浸在这幅绝妙的山水画中。几只白色的小蝴蝶翩翩地从我眼前飘过，把我的视线吸引过来，我这才注意到，河面上飞舞着许多白色小蝴蝶，它们忽高忽低，像一片片飘舞的雪花，我很奇怪，它们为什么不在鲜花丛中流连，而在这烟波浩渺的漳河里？难道这河里有什么东西让它们迷恋吗？我看了看四周，除了辽阔的水域、几艘前行的游船外别无他物。正在我疑惑之际，另一艘游船超上前去，船尾溅起的几米高的浪花在空中散开，如同三月里那一树树洁白的梨花。这时，奇观发生了，那些蝴蝶迎着浪花飞了上去，那姿势仿佛是想要停歇在这些浪花上，又像是要拥抱亲吻这些浪花，但瞬间，浪花便坠落于河中，那些逐浪的蝴蝶也被带进了水里，水面上就漂起了一层白白的颜色，我的心为之一颤。

船，很快地从我身边闪过，船尾追随着很多蝴蝶，虽然它们目睹了同伴的遭遇，但它们却是那样执着地追逐着浪花，不惜放弃自己宝贵的生命。这让我想起了佛教里“舍身饲虎”的故事。那位高僧以身饲虎是为了心中的那份爱与善，蝴蝶为至美至纯至真的漳河水而献身，它（他）们都为心中的爱而勇于牺牲，这又是一种怎样的生存境界呢？

我低头细看河面漂浮的蝴蝶，它们或仰或俯，双翅平平展展地铺在水面上，显得那样的惬意，那样的安详，那样的平静，仿佛沉睡在温柔的梦乡里，从然是长眠不醒，竟没有一丝丝痛苦一丝丝挣扎，它们在波浪中时沉时浮，就像一叶小舟，扬着白色的小帆，踏着浪尖，去追寻梦中的世界……

“亲爱的，请跟我飞，前面花香会让你沉醉，亲爱的，来跳个舞，爱的春天不会有天黑……追逐你一生，爱恋你千回，不辜负我的柔情你的美……”是谁在唱《两只蝴蝶》？我寻声一望，原来是我的朋友，她在对蝶而歌，她的歌声让我想起了救赎，于是，我大声呼唤：“蝴蝶，不要再逐浪，请你跟我飞，我会把你带到有花香的地方，去吮吸带露的芬芳。”然而，它们却没有回应我，依旧追逐着浪花，依旧和浪花一起坠入水中，仿佛是一种约定：一生一世，生死相随！我想，那一定是蝶对碧水深情的承诺。

蝶恋水让我感动，也让我思绪万千：多么可敬的小生灵啊，它们为爱而无所畏惧，它们作茧自缚，它们破茧成蝶，它们历尽千辛万苦，不为春天鲜花的芬芳，只为春天美丽的漳河碧波。

我无心于观音仙岛美丽的风景，只是在那尊高大、慈善的滴水观音像前虔诚跪拜，默默祈祷，为那群执着的小生灵，为天下所有为爱而献身的生灵们。

返程时，我说什么也不坐游船了，朋友拗不过我，只好租了一艘画舫，慢慢摇回家。在画舫上，我向朋友讲述了蝶恋水的那一幕。我随手从水里捞起一只蝴蝶，问朋友，它们从哪里来？朋友抬手告诉我：“从那里来吧。”我顺着她的手望去，那是连绵的青山，其中一座山上有一块高耸入云的烈士纪念碑，在阳光下格外醒目。我知道，那里躺着一群同样为水献身的人们。这些蝴蝶如果真是从那山中来，为什么它们不恋花而恋水？我似乎找到了答案。

我把手中的蝶轻轻地放入河中，生怕惊醒了它们，随后，拿起朋友送给我的那束康乃馨，把粉红的花瓣撒进水里，除了祭祀这些可敬的生灵们外，也让它们分享鲜花的芬芳。

瑶草碧，柳条长，亭亭画舸漳河上，请君看取蝶恋水，方识人间爱意长。

荷塘·秋千

童年的荷塘，童年的秋千，都已随风飘逝在岁月的长河里。但那份快乐的记忆却没有岁月的界线，久久地长存我心，不曾遗忘。

记忆中，那条高高的、如蛇般蜿蜒南去的渠道下，有一排青石垒起的房子，不算大，却住着我们四五户人家。屋前有一个小池塘，大概有一亩地大小，因筑渠取土而成。父亲便在塘里种藕养鱼。

初夏，小荷尖尖，像一个个调皮的孩童，伸出头好奇地打量外面的世界。红翅膀的蜻蜓便有了坏坏的主意，纤足齐伸，想立于小荷的头顶，小荷有些恼，在风姑娘的帮助下，努力地摇着头，不让红蜻蜓得逞，急得红蜻蜓飞上飞下地忙活，趁小荷睡着了，它最终立在了小荷的头上，不过是小心翼翼，生怕惊醒了小荷。

小荷醒来，见红蜻蜓如此不识趣儿，有些恼了，急急地舒张腰身，一天一个样。渐渐地，小荷长大了，像一个丰腴的大姑娘，亭亭玉立，白玉一样的胳膊腿，修长的腰身，举着一把碧绿的伞，在夏季的风雨日月中款款而行。

夏季的荷塘缤纷异彩，热闹非凡：恋爱的青蛙们对唱着一首首情歌，在荷叶上跳上跳下追逐；蝌蚪们在水中挺着雪白的大肚皮、拖着长尾巴努力地学着蛙泳；红蜻蜓、绿蜻蜓时而点水时而拥抱，在荷塘里翩翩起舞；小虾弯着透明的身子一弹一弹地寻找着理想的水草栖息；螳螂穿着紧身的绿色衣衫，舞着两把大刀，像一个英姿飒爽的侠女在荷塘里飞檐走壁；一只翠鸟蛰伏于荷塘的深处，不动声色地等待着猎获的最佳时机；水蜘蛛如一个自由滑翔的高手，尽情地在水面上舞蹈；鱼儿也一阵阵地浮到水面上看热闹，嘴儿一张一合地说三道四，常常被恶作剧的青蛙吓得惊慌失措，作鸟兽散……

荷塘最美的还是细雨中的荷叶，在雨水的洗涤下，荷叶透着绿色的亮泽，细雨如珠，于是，大珠小珠落玉盘。丝丝的细雨在荷叶上汇聚成一颗大大的水珠，在荷叶上晃晃悠悠，像一颗颗玉珠在一个绿色的玉盘滚动着，荷叶像一个娇弱的女子很努力地托着玉盘，那水珠在盘子里如雪球般越滚越大，荷叶踉跄着，水珠在荷叶的踉跄中时而化成几颗，时而又合在一起，终于，荷叶不堪重负，一低头，水珠便从玉盘中滑落下来，于是，满塘碎玉，化作一池涟漪。

荷塘里的热闹一直要持续到深秋。几场秋风后，荷塘便寂寥下来，深秋的岁月让荷叶一脸落寞。又是几场风雪后，荷塘便瘦了，荷叶也如一个老态龙钟的老妇人，拄着杖，佝偻着背，晒着冬天的日头，眯着眼慢慢回忆着那些青葱岁月，等待春姑娘的召唤。

来年，几场春雨，池塘又丰腴起来，水变得又清又亮。“春江水暖鸭先知”，鸭子们每天都扑扇着翅膀，争先恐后地冲下池塘，追逐嬉戏，荷塘醒了，再一次缤纷异彩……

夏天，是我们那帮孩子最快乐的季节，20多个孩子，一个个如浪里白条，在荷塘里玩个痛快，打水仗、摸河蚌、追鸭子、捉鱼虾……最开心的是摸鸭蛋，因为每家都养了很多鸭子，那鸭子们也不知谁带的头，全把蛋下到水里，害得大人们老骂那些“瘟鸭婆”没用，连只蛋都下不出。最后，还是小伙伴“大鼻子”发现了这个秘密。鸭子有主，可鸭蛋无主，谁摸到谁得，于是，摸蛋成了我们每天必做的事。

摸蛋时，须用脚去试探，当脚探出有硬物时，便扎猛子下去捞，有时捞的是鸭蛋，有时却是螺丝、河蚌和石头，最幸运的是摸到乌龟和老鳖。

渠坡上有几颗高大的柳树，七八月份，枝繁叶茂，像一把巨大的遮阳伞，是我们20多个孩子纳凉的好去处。聪明的绰号为“大鼻子”的小伙伴制造了秋千，他在两棵树之间各拴一根粗粗的尼龙绳，再用尼龙绳拴上一块木板，人坐在木板上，两手握着绳子，退到坡顶上，然后把腿一收，只听“倏”的一声，人便像山雀一样飞了出去又飞了回来，既新鲜又刺激。可好景不长，没两天，树枝就给磨断了，想了许多办法都不理想。有一天，“大鼻子”不知从哪里弄来了一只定滑轮解决了所有问题。秋千修好了，我们都急不可耐地争着荡秋千，可“大鼻子”说，秋千是他修好的，应该第一个荡，否则，谁也别想。看到他霸道的样子，我们只好让步。“大鼻子”坐在秋千上，退到堤顶，双腿使劲一蹬，人便飞了出去，还没等我们回过神来，只听“叭”的一声，“大鼻子”像只断线的风筝从空中栽进了荷塘，荷塘里正在觅食的鸭子们被从天而降的“大鼻子”吓坏了，一改往日的笨拙，“嘎、嘎”地惊叫着如天鹅般“飞”出了荷塘。“大鼻子”满身污泥，狼狈不堪地爬上来，我们则笑得满地打滚。

光阴荏苒，20 年后，我旧地重游，柳树依旧，却不见秋千翩翩。渠道上荒草萋萋，荷塘、房子无处觅踪。秋虫啁啾，仿佛儿时的嬉闹声。徘徊于柳下，我陡生伤感，踏着归去的路，只见新月如钩。

花之殇

正值四月，每到这个季节，我心里便日日牵挂起漳河的杜鹃花，常怕误了花期，应了唐朝诗人王寂的“寻春自恨来何暮，春事成空。懊恼东风，绿尽疏阴落红”的遗憾与伤感。可每年走进漳河，那种“山水依旧，不见花踪”的伤感却一年重似一年。

杜鹃花有一个凄美的传说，相传，秦朝有一个美丽的姑娘叫杜鹃，她和邻村的小伙子阿强深深地相爱，在他们新婚之夜，阿强就被差吏抓去修长城，从此杳无音讯。杜鹃日日夜夜站在山崖上翘首盼望，望眼欲穿，始终盼不回她的爱人，最后，她绝望了，跳崖而亡，死后化作一只鸟，不停地向北飞，她要飞到长城去找她的爱人。一路上，她千呼万唤着“阿哥归归、阿哥归归……”直叫得口舌滴血，一滴滴鲜血入土便化作朵朵红色的花。人们为纪念这位痴情姑娘，便叫这种花为杜鹃花。

漳河的杜鹃花曾经很有些名气，品种也很多，有红的、黄的、蓝的、紫的、白的，但大多是红色的，其他的颜色大概就属稀有花色了吧。四月中下旬，满山的杜鹃花竞相开放，逆水而上，行程约二三十里地，便有了些不算太高的山，山上的树木尽是些不太高的栎树、松树，间或夹杂着些矮小的灌木，新绿的叶子青翠欲滴，一丛丛火红的杜鹃花穿插其中，远远望去，万绿丛中点点红，让人觉得那是大自然点缀于漳河“环肥燕瘦”的巧妙之笔。

20世纪90年代之前，漳河的杜鹃花还是“养在深闺人未识”，一年一度，杜鹃花按着春姑娘的旨意，用灿若云霞的容颜使漳河的山水显得妩媚而灵动，丰富着漳河春天的内涵。那时，我初识杜鹃花，只因那个凄美的爱情传说，让我对她怜爱有加，闲暇之时，常常会独自上山赏花感怀，或是为自己未来的爱情许下一个个美丽的心愿，或是独坐花丛中，和她们一起听水声、听松涛、听鸟语……有她们的日子，春闺深处，寂寞的时候不再寂寞，忧伤的时候不再忧伤，美丽的梦想一个接一个。

20世纪90年代后，我带着满腹的眷恋与无奈含泪离开了那个杜鹃花盛开的地方，而我的心却留在了那里。在远离她的日子，我的心里总是一遍一遍地吟唱着《红楼梦》中的一句歌词：“…… 若说没奇缘，今生偏又遇着他；若说有奇缘，如何心事终虚化。”只因为心中对她们有太多的牵挂，每年四月，我总是忍不住要去山里看花，而每次赏花归来后，心中的伤痛却如涟漪一样弥漫了整个胸膛，因为漳河的杜鹃花再也不会临水而居了，游人的“辣手摧花”，让她们远离了漳河，渐行渐远。我曾生活工作过的地方，再也难觅她的踪影，有时候能见到的只是被人们弃之于水中的残花和人们把玩于手中憔悴绝望的花容。她们的尊严被人践踏，她们的肢体被人摧残。我曾难以理解黛玉葬花时的悲怆和凄凉，现在，我才明白林黛玉并不是我想象的矫情，而是真真的心殇。只是叹于那桃花何其有幸，虽然凋谢，虽然飘零，但来年依旧笑春风，而漳河的杜鹃却再也难有那份机会了，游人们不仅仅是折断了她们的枝，就连她们的生命之根都被挖去做了盆景。我也曾看过做成盆景的杜鹃，虽然也开花，但她远没有在漳河山水的滋润中，那种生于斯长于斯的灵气与生机，寥寥的几朵花，被人工修剪的枝节，让人想起那老态龙钟的妇人。触景生情，我的心在哭泣。为她们，为生我养我的故乡。

日有所思，夜有所梦。我常常会梦到那遍山遍野的杜鹃花，何等的娇艳，何等的美丽，仿佛每座山都成了花的海洋，而我却化作一只蝴蝶，在花丛中翩翩起舞，那份快乐与欣喜每每让我笑醒，然而夜的黑暗又把所有的快乐与欣喜湮灭，只有心在痛……

花之殇，谁之过？

梦　槐

我永远抹不掉的记忆，是那片黛绿，那一梭梭的洁白，至今依在脑中、梦中。

槐林——我少年时代的乐园。那时，我的家离这片槐林很远，放学后，便挎着篮子遍山遍野地打猪草，一个偶然的机会，我发现了这片槐林。正值五月初，洁白的槐花像无数只小蝴蝶缀在枝头，微风吹过那一阵清香沁人心脾，碗口粗的树干刚直挺拔，纵横有序，林子里很幽静，地面平坦湿润，长着绿茸茸的野草，像绿地毯一样覆盖着地面，阳光很难射进去的。有雾的日子，林子里是一个朦胧的世界，缥缥缈缈的雾在林间袅绕，似纱似带，偶尔有几声斑鸠的“咕咕”声，便算是打破了这寂静的空间。

渠首闸开闸的日子，坐在林子里，看碧波溅雪，飞浪三丈，这时，心中的那惬意便化作歌、化作诗随漳河水汹涌而出。那时，我多想在槐林里像小鸟一样筑一个巢，闻花、听浪，乐哉优哉。

曾何时，寄读他乡归来，梦以成真，我的家真的建在这片槐林里，只是过去那葱绿的槐林荡然无存了，剩下的几根也全然没有过去的俊秀刚直，枯枝残叶，像一个延年喘息的老人，这里已成了预制板厂。我的心刹那间像压上了一块磨石，沉沉的，依林而居的喜悦便化作无数泪雨。望着一块块的预制板，我常想，那是不是一株株槐树的墓碑呢？漳河水日日呜咽，没有这绿槐的映衬，她的风姿岂能称得上美？如果槐林还在，那如云的游人啊，岂能如此流连忘返？

蓝天依旧那么蓝，漳河水依旧那么绿，白云依旧那么白，槐林啊我的梦，却在我视线中永远消失了，但我把她深深地珍藏在心中，这份记忆伴我一生一世。

第三辑 行走云端

行走云端

第一次行走于云端之上，让我有生以来领略到宇宙之美、壮丽山河之美。

2007 年 10 月下旬，应湖北省文联之邀，到四川省进行文学采风。那是 24 日下午 5 点，也是“嫦娥一号”升空之时，天空灰蒙蒙的，检过机票，我们走进了机场，我看见了南航那架银白色的飞机像一只展翅欲飞的大鸟，漂亮的空姐正站在机舱口迎候我们。

一想到我将会被它送上天空，此时，从未坐过飞机的我心头突然掠过一丝恐慌，腿脚也有些发抖，以前在电视或报纸上看过的那些惨烈的空难在脑子里不停地闪烁，我猜想我会不会遇到这种情况呢？我强迫自己镇静下来，尽量不让这些不吉利的想法占据脑海，尽管如此，内心的那份恐惧如疯长的野草，我似乎听到了它们疯长的“嗖嗖”声。

登机时，天空中飘起了雨点，这更增添了我的不安。我坐在舷窗边，近距离地看到了像打了补丁的机翼和渐渐湿漉漉的地坪，这种天气飞行，会不会有事呢？我后悔起来，不该来坐飞机，可后悔也来不及了，安全带已牢牢地把我固定在座位上。这时，我才想起还有很多事没有跟爱人交代：为嫂子看病借了朋友的钱、存放在我手里的老母亲的养老金……这一切都没有告诉爱人，万一……我急忙掏出手机，想把这一切都告诉爱人，因为对朋友不能失信，对老母不能失孝，可还没来得及通话，空姐就要求乘客们关掉手机等电子设备，以保证飞行安全。这时，我心里那份后悔真是没法说出口，我无可奈何地关了手机。飞机颤动起来，拐了几道弯然后加速起飞了，在轰鸣声中，我已念了千百遍“阿弥陀佛”。

机翼像一把大刀切割着厚厚的云层，我的心也一直悬在嗓子眼上，飞机每一次升高或是遇到强气流，我都紧张得要命。窗外白茫茫的一片，什么也看不见，那感觉就像行走在茫茫的大雾之中。为了缓解心理压力，我打开手提包，把临出门时塞进去的口香糖放进嘴里。

嚼着口香糖，看着漂亮的空姐穿梭在过道上，空姐那恬静可人的微笑让我感到亲切，都说空姐是人中之凤，女中之花，果真是名不虚传。我想起了我曾看过的一本书，说欣赏美女既能养眼又能安神。空姐就像一道靓丽的风景，不知不觉中我那颗惶恐的心静了下来。这时两个空姐推着饮品车来到我身边，为我送上了一杯热咖啡。

我轻轻地啜饮着香浓的咖啡，望着袅袅的热气，想起了童年对飞机的那些幼稚举动。那时，飞机是我们极少见的，每次看到飞机，那种惊喜便化作一阵高分贝的尖叫：“飞机飞机下来接我，飞机飞机下来接我……”最喜欢看到的是那种能留下长长白色烟雾的飞机，其实，我至今都没弄明白那是什么飞机，每当我听到它的轰鸣声时，它已不见了踪影，只能看到它留下的痕迹——一条长长的白色带子，然后，那条“带子”慢慢扩散开去，越来越粗，如同奔跑中白狐狸蓬松的尾巴，在风中摇曳，慢慢地，越来越淡，最后化作星星点点的白云，也化去了我心中最后的喜悦。我还喜欢看夜行的飞机，在浩瀚无垠的星空中，飞机飞得很慢，我看不清它的轮廓，只能从它的声音和那一闪一闪的或红或绿的夜行灯来分辨，它像一颗会走的行星，穿梭在夜空中，那时我很替它担心，生怕它会与星星或是月亮相撞，直到学了地理后，才知道自己是多么的杞人忧天。

想到这些稚趣，我哑然失笑。再一次把头扭向窗外，这时窗外的景色让我大吃一惊，飞机已在云端之上，下面的云千姿百态，有的如一朵朵灰色的蘑菇，有的如钉螺，有的如飞驰的骏马……云层下什么也看不见，向上看则是深蓝深蓝的天空，纯净得没有一丝丝杂质，那么辽阔、那么平静，如果把它比作大海，这是不恰当的，大海再怎么平静，也有微波荡漾，而天空那种静止的蓝，任何比喻都是多此一举。虽然已是夜晚7点多钟，云层下面已是伸手不见五指的夜，但是云层之上，我行走在空中，黑暗并没有包围我，飞机正带着我追赶着太阳，西边火红的霞光映红了天际，这让我想起了《西游记》中飞天的美景，如果配上点儿梵乐，我会真以为自己是莫高窟里的“飞天”呢！我的心里瞬间涌出了一片圣洁和肃穆，就像朝觐的圣徒，对那西方的霞光有了一种神圣的崇拜与向往。

正在我思绪飞驰之际，突然飞机猛地向下一跌，眼前立刻陷入了一片黑暗，我不知出了什么事，心里有些惊慌，这时漂亮的空姐又出现在我们面前，她含笑告诉我们，飞机已开始降落了。我向下一看，地面上星星点点的灯火如萤火虫。在不知不觉中我已平安到达了目的地，心里又兴奋又有些遗憾，只觉得一个小时的飞行时间太短暂，夜晚的天空是如此美丽，那白天又是怎样一幅美景呢？

七天的采风活动也好像是在一瞬间就结束了，九寨沟美丽的彩林、黄龙壮观的瀑布、青城山厚重的道教文化、都江堰宏伟的古代水利枢纽工程……四川不愧为天府之国，旖旎的自然风光、底蕴深厚的人文景观，这一切都让人流连忘返，只因是匆匆过客，不能长久地留在这块美丽的土地上，心里总有些惆怅，但这种情绪很快就被另一种美所冲淡了。

七天后的上午10点，我登上了返程的飞机，幸运的是，我又一次临窗而坐。窗外，天空是一种明亮的蓝，这种蓝很透明，与晚上天空那种暗蓝有着本质的区别，这种亮丽的蓝让人的心情愉悦轻松，飞机下面是厚厚的洁白的云海，平行而望，蓝色的天空与云层间有一个弧度，飞机好像是在贴着一个球面飞行，这时你才能切身地感觉到地球是圆的！

在阳光的折射下，飞机下面的云层里有一架如玩具模型般的小飞机穿行在云层里，小飞机被七彩的光环所笼罩，像一枚像章，很漂亮，那是我所乘坐的飞机在云层上的投影。向飞机飞行的方向望去，在很远的云层间，我看见一块很蓝很蓝的地方，远远望去，就像是被皑皑白雪所环抱的“天池”，那“天池”是个什么东西？它牵动了我所有的好奇心。

大约十几分钟后，飞机飞到了那个地方，这是一个没有被云层遮住的地方，就仿佛是“天眼”，它让我在天上看到了人间所有的美景：青黛色的山川、泾渭分明的河流、阡陌纵横的田野、纵横交错的公路网、如甲壳虫一般行走的车辆……从空中看，地面上的一切都是那样宁静而安详，大山是安静的，我听不到那呼啸的松涛，河流是安静的，我听不到它的怒吼或喁语，村庄是安静的，我听不到鸡鸣狗吠牛哞哞，城市是安静的，听不到喧嚣和嘈杂，它们都笼罩在一层淡淡的薄纱之中……

在空中，我看到一条如碧玉带似的河流，似清江，又似漳河。我问空姐我所看到的河是什么河，可空姐也不知道。而长江最好识别，它像一条黄龙蜿蜒而行。在空中看水，水有四色：蓝色、黄色、白色、黑色，除了蓝色外，其他颜色的水是已被污染的水，少有的蓝色的水让我深切地意识到环境保护的重要性和必要性。

飞机再一次降落到地面，我天马行空的云游也结束了，我恋恋不舍地走下飞机，太阳很明媚，提起行李箱，我踏上了回家的路。

张家界记事

去年8月份，我应邀参加了湖北省水利厅文联举办的一次文学笔会，并到中国第一山——张家界，进行文学采风，光阴似箭，从张家界回来也将一年了，对张家界美丽如画的风景似乎没有太多记忆，但在张家界的所见所闻汇成一支歌，在我心中久久地吟唱。

不屈的攀登者

他是我初识的文友，说他出众，谈不上，一副眼镜遮住了大半张脸，只露出鼻尖和一张胡子拉碴的嘴，一脸的落寞和沉寂。其文也如其人，深沉凝练，飘着一层淡淡的沧桑。不足为怪。他是一个双腿残疾的人，命运多舛，生活的路坎坷不平，多多少少在他身上烙下了一些痕迹。但是无情的病魔夺去了他的双腿，却磨不灭他对生活的信念，凭着一双拐杖，坚强地行走于人生之旅，拐杖似乎是他生命的支撑点，而他真正的生命支撑点却是他超常的毅力，靠着这种不屈的精神，他敲开了湖北省作协大门，走进了神圣的文学殿堂。《湖北电视台》、《湖北日报》都对他进行了专题报道，高度赞扬了他那种身残志不残的拼搏精神。百闻不如一见，让我真正从内心对他产生一种敬佩之心的还是张家界之行。

登山那天，大家都很兴奋，边走边听导游介绍沿途风景及有关的故事和传说。山道越来越险，渐渐地，我们除了登山，累得一句话也不想说，一片喘息声，爬到半山腰，大家都一屁股坐下来休息。这时，不知谁喊了一声："看，他怎么也上来了？"大家一看，只见他拄着双拐，满头大汗，正艰难地一级一级往上登，顿时，大家心里都有一种说不出的感受，都很想去帮他一把，可窄窄的山道让你有心使不上，看着他的腿一级一级地随着拐杖艰难的挪动，再看看自己健全的双腿，大家心里顿生愧意，正是由于这种心理，登上山顶的那段路，大家再也不是一步三歇了，经过一番努力，终于，我们到达到张家界之巅——摘星台。随后，他也上来了，山风劲吹，衣袂鼓动，飘飘欲飞，那张被汗水浸透的脸露出了胜利的微笑。是啊，他应该笑，人生几何，一生中，会遇到多少座险峻陡峭的山呢？他所征服的不仅仅是一座山，而是生活中所有的不幸。在我眼里，他是一只山鹰，矫健、勇敢，无论怎样恶劣的环境，都能笑傲江湖，展翅蓝天，这是一种怎样的精神啊！此刻，一种深深的敬意在我心中弥漫，我想对他说点儿什么，可始终没出口，我知道，这种时候，说什么都显得很俗。

从张家界回来后，每当我听到那首《大哥，你好吗？》这首歌时，心中就闪现出他的影子，一个难以忘怀的影子。

千年何首乌

张家界半山腰有块较平坦的地方，精明的山里人便在这里摆摊设点，把干蘑菇、山笋等山货拿出来和过往的游客讨价还价地做买卖。当我们路过这里时，便有几个妇女围住我们兜售药材，当我们问他们卖些什么药材时，她们异口同声地说："何首乌。"一听何首乌三个字，疲惫万分的我就来了精神，早在初中时，读了鲁迅先生的《百草园与三味书屋》后，便对百草园中那神秘而神奇的能变成人形的何首乌有无限的遐想，只是苦于无缘相见，想不到今天却有了机会。当她们从袋子时掏出何首乌时，我们的眼睛都瞪大了许多，这是怎样的何首乌啊，一根绿藤拴着两个人形何首乌，一男一女，男女都有很明显的生理特征，而且五官俱全，真可谓是“眉清目秀”了。鲁迅先生曾介绍，这人形何首乌需要千年才修成人形，而在张家界连岩石都能被大自然修成人形，如那恩爱千万年的“夫妻石”，更何况植物呢？我对此深信不疑，我强按捺心中的狂喜，经过一番讨价还价，花了15元买了一对何首乌，想在父亲六十大寿时敬献，那又是怎样的一份孝心呢？

买下何首乌后，满心欢喜，登山的力气倍增，边走边欣赏那对“宝贝”。这时，两个年轻的轿夫撵上我，问我坐不坐他们的轿子。我摇了摇头，因为囊中羞涩，我可玩不起这份潇洒。“这人形何首乌是假的！”有个轿夫突然冒出这么一句话，着实吓了我一跳，我不禁狐疑地看了他们一眼，他们很真诚很认真的样子，没有半点戏谑。假的？不可能吧？我猜想，他们大概是我没坐他们的轿子而故意作弄我吧。我没理会他们，继续爬山。“您信不信？它们每个关节都是用竹签连起来的，您自己拆开看看吧。”听了他们的话，另外两个同伴连忙动手扯，果真如此！顿时，我们几个面面相觑，心里凉了一大截，一时竟不知说什么好，以前常在新闻上看到游人在旅游区买东西上当受骗的报道，想不到我们这次也遇到了。我气恼地要扔掉手中的“假货”，可轿夫拦住了我说：“这何首乌是真的，只是人形是人造，要知道这何首乌长成人形，要几千年呢！”他们的话使我紧缩的心一下子释然了。回想起那几个妇女只说卖何首乌，并没有说是千年何首乌，看样子是我们“自作多情”了。古人说：君子生财，取之有道。山里的妇女用她们的聪明才智创造财富，我们怎能把她们与那些知假贩假、谋财害命的不法之徒相提并论呢？山里女子的灵秀聪慧，山里汉子的真诚朴实，这不是张家界最美的风景吗？何首乌至今还泡在父亲的酒坛里，看父亲喝得有滋有味的样子，我的思绪也变得回味悠长了。

挑 夫

山，越来越陡峭险要，本来就很小的背包，现在已成了最累赘的东西，大有弃之而后快的想法，双腿变得很沉重，浑身乏力，口干舌燥。实在是爬不动了，我们只好东倒西歪地找个地方歇息。怪不得古人曾慨叹“百无一用是书生”了。这时，上来几个挑担子的山里汉子，看那布袋里凹凸不平，让我们一下就想到了水果，顿时，口舌生津，纷纷拦住他们的去路，当他们明白我们的意图后，全都笑了起来，指着布袋告诉我们，那不是水果而是卵石，看我们都不相信的样子，他们索性放下担子，解开绳子让我们看个明白。的确如此，布袋里全是大大小小的卵石，我们更不解了，如果他们不是一副山里人的装束，我们还真以为他们是国家体育队在搞集训呢！

“这么高的山，光爬上去都够受的，他们还挑卵石干什么？”我们有些不解地问。

“干什么，铺路呗，你看一级级的石阶，还有那山顶上的亭台楼阁，全是我们用肩挑出来的。”他们的言语中透出一种自豪，问他们累不累，他们说习惯了。也许是休息了一会儿的缘故吧，我们中的一个小伙子跃跃欲试，接过一个汉子的担子挑着往上爬，没上几步就压趴下了。那个山里汉子紧跑几步扶起他，那小伙子边喘大气边伸出大拇指由衷地说：“你们真行！”

山里汉子健步如飞地从我们身边闪过，望着他们远去的背影，我感慨万千，心里久久不能平静：这就是我们中国的劳动者啊！从古至今，他们创造了多少奇迹与辉煌啊，君不见万里长城万里长，如果没有他们结实的双肩，岂能有万里长城这块不朽的丰碑蜿蜒于世界人民的心中？在那战火纷飞的岁月，如果没有他们结实的双肩支前拥军，怎会诞生一个伟大的新中国？在那百废待兴的建设中，如果没有他们勤劳的双肩，中国又岂能摘掉“东亚病夫”的帽子而成为世界明珠？在我眼里，他们是中国的脊梁，他们那种不屈不挠的毅力，不正是我们整个中华民族的象征吗？他们勤劳、勇敢，用血肉之躯托起高山大海，托起了中国的希望。

卖猕猴桃的小姑娘

终于到达了山顶，山顶很平坦，有亭台楼阁及商店，游人如织。商店里的东西要比山下贵得多，我买了一块面包一根火腿肠，边吃边到摘星楼去听土家姑娘唱歌，无非是一些现在游行的歌，没什么意思，便顺着那螺旋梯上楼顶去俯瞰群山。可一上去，便被一个十几岁的小姑娘迷住，那小姑娘漂亮得像一个安琪儿，雪白的绣花纱裙，脚下穿着一双价格不菲的红皮鞋，两条精心梳起来的小辫子扎着红色蝴蝶结，蹦蹦跳跳的时候，那蝴蝶就像花丛中翩翩起舞的蝴蝶，她那穿着考究的父母忙着用摄像机为她摄像。爱美之心，人皆有之，许多游客和我一样驻足而望。在同伴的催促下，我离开了摘星楼，找了一个地方休息一会儿便下山。刚到山口，又碰到了那个漂亮的小姑娘，她正弯着腰入迷地看着什么。我顺着她的目光看去，摄入我眼帘的是另一个十几岁的小姑娘，黑黑瘦瘦的，散乱的头发上还沾着些已蔫了的草叶，穿着一件也许是她母亲的对襟蓝布衫，肘上有块灰色的补丁，裤腿高高地挽着，赤着脚，托着下巴，静静地守着半背篓猕猴桃。两个小女孩互相打量着，一个眼神是羡慕，一个眼神是惊奇，恰如一个白雪公主，一个灰姑娘。此刻，我的心里却是另一番滋味，都是同龄人，为什么却有这么大的差距？我呆呆地站在那里思索，以致那个漂亮小女孩什么时候离开的我都无从知晓。

“阿姨，您买点儿猕猴桃吧？好吃哩！”小姑娘的声音让我回过神来，看到小女孩那双企求的眼，我忍不住蹲下身来边挑猕猴桃边和小姑娘攀谈。交谈中，我得知小姑娘的父亲早逝，只有一个多病的母亲和一个弟弟，她在这里卖猕猴桃是为了她和弟弟下学期的学费，否则，姐弟俩都得辍学。小姑娘那不幸地遭遇让我泪光滢然，我买了一斤猕猴桃，塞给她十块钱，匆匆地离开了，除了这少得可怜的钱，我实地拿不出什么来帮助她，没想到那个小姑娘拿着一把零钞追上我，我怎么也不肯收，可她一把塞进我的手袋里，转身就跑了。走了很远，当我再回望那个小女孩时，她依旧托着下巴，静静地坐在那里。多么相似的一幅画面啊，在哪里见过呢？哦，想起来了，《希望工程》宣传画中，那个手握着笔，两眼充满渴望的小女孩不正像这个小女孩吗？她们代表着千千万万渴望上学求知的孩子们，然而，当今昂贵的学费、贫困的环境，折断了多少孩子奋飞的翅膀，他们当中又有多少天之骄子将在今天的贫困中夭折。希望工程不过是杯水车薪，它又能救助多少个贫困而失学的孩子？想到这里，我的心沉甸甸的，像嚼了一枚青橄榄，酸涩了很久很久。

翠宛老板

在张家界的采风结束了，下午5点，灰蒙蒙的天空中飘着细雨，群山和天空中浑然一色，分不清哪是山哪是天了。我们乘着一辆面包车到了大庸火车站，准备返回湖北。车刚一停稳，车门便被一群男女围得水泄不通，看那阵势，着实吓了我们一跳，后来才明白，他们是接游客住店就餐的。想到我们人生地不熟的，生怕遇到了“孙二娘”式的黑店，虽然已到了吃晚餐的时候，但谁也不敢冒然行事，一个个睁大眼睛，警惕地瞪着那群拉客的男女，把随身物品紧紧地护着，连手心都攥出了一把汗来。我们一个挨着一个向候车室走去，谁也不敢落单，这一幕使我想起了小时候玩得“老鹰捉小鸡”的游戏，生怕落单后被“老鹰”逮了去。那群人的耐性也真让人佩服，一个个巧舌如簧，前簇后拥地“护送”我们到了候车室，大有一种“不到黄河心不死”的决心。看到我们都不为所动的样子，那群说客们终于失望了，走得只剩下两个年轻妇女，她们俩围着我们的“头儿”软磨硬泡，终于让“头儿”动心了，“头儿”一挥手带着我们一行人跟着那两个女的走出了候车室。

她们把我们带到一家名为“翠宛”的酒楼里，交给一个20多岁的男子。那男子看样子是老板，他忙前忙后地给我们端茶送水，煞是热情。我们怀着戒备之心看着他们为我们忙碌，猜想他是不是笑里藏刀。他把我们安顿好后，便拿出菜单让我们点菜，这是我们最担心的事。我们点了200元的饭菜，反复把每道菜的价格看得清清楚楚明明白白，尽管这样，我们还是担心有诈。不一会儿，饭菜便端了上来，还好，分量和质量都不错。结账后，他还特地给我们优惠了十元，这一举动让我们高悬的心放下来了，不由得对他刮目相看。

看到车站前有许多卖土特产的小摊，我便想去买点儿猕猴桃带回家。可他却把我拦住，说："你最好别去，要什么我去帮你买，这些摊贩们欺生。"这时，我已从心里解除了对他的戒备，掏出20元钱递给他。不一会儿，他便拎着一小袋猕猴桃回来了，看到我诧异的目光，他忙给我解释："这些猕猴桃都熟透了，这么远带回家，恐怕都得成烂泥，这东西不好放，只给你买了一点儿在车上吃。"他又把剩余的钱退给我。我从心里感激他为我想得如此周到。

距离上火车还有一个多小时，此时，我们已和这位翠宛老板很熟了。他很健谈，当他得知我们是一群爬格子的文化人时，瘦削的脸上露出了敬佩之色，愈发显得热情起来。我们便和他开起玩笑来："老板，我们起初还真怕你是现代'孙二娘'呢，如果真是那样，你可得气死，因为我们都是一群穷文人哦。"他听后爽朗地大笑，说，"你们的担心也不无道理，如今这样的事太多，防一防也好，不过在这个世界上，我相信好人还是多数，我以前是个打工仔，到深圳、海南等地打工，也被人骗过敲诈过，我体会过出门人的难处。我现在也是生意人，我做生意的宗旨是不奸不诈，以诚相待。世界本来很美好，如果人与人之间都存着一份善良，一份爱心，多替别人想想，怎么会有那些不义之事呢？"他的声音渐渐地低了下来，我们都不敢相信这番至真至诚的话出自于这个貌不惊人的老板口中，当我们重新打量他时，他的脸已转向那被云雾包裹的远山，目光深远，若有所思。继而，他的眼里跳跃出喜悦和兴奋的光芒，我们的心也为之一振，顺着他的目光望去，只见曾经阴沉的天际，有几束光柱从云隙中直泻而下，曾经丑陋而沉重的乌云，此刻已变成了美丽的镶着金边的晚霞，远处云雾蒙蒙的群山，就像刚出浴的少女，显出她们清新脱俗的轮廓来。我们的心刹那间像卸下了背负已久的包袱，变得轻松愉快起来。在这种氛围的渲染下，翠宛老板轻轻哼起了《祈祷》，动人而熟悉的旋律在我们心中引起了共鸣："让我们敲希望的钟啊，多少祈祷在心中，让大家看到不黑暗，让太阳不西沉……"

张家界之行离我越来越遥远了，但记忆仿佛是一把神奇的筛子，经过岁月层层的筛选后，留下的全是难以忘怀的东西，正如一个作家所说的那样："有些事想记下来却不是很容易，而有的事虽是惊鸿一瞥，就能像底片一样留下清晰的痕迹，无论岁月怎样匆匆，都能清晰地在脑海中成像。"在张家界采撷的一些另类"风景"，加以整理，只是为了那难以忘却的纪念吧。

北京的雪

来鲁院学习的第五天，因为是星期天，我起的得很迟，和往常一样，懒洋洋而又不经心地拉开厚厚的窗帘，蓦然呈现在眼前的是白茫茫的一片，天空飘洒着如十月芦花般的雪片。哇，下雪了！我心里漫过一阵惊喜和激动。

我是湖北人，我们那里一年能看到下两场雪已是很不错了，何况是在这阳春三月，如果是在这个季节下雪，那真是奇观了。我站在窗前，有些贪婪地看着纷纷扬扬的雪。昨天还是艳阳高照，没有一丝下雪的迹象啊？我有些不解，我清楚地知道家乡下雪的变奏：先是一天或几天刺骨的老北风，吹得让人都不能挺直腰杆走路，等天色变得像患了黄疸肝炎似的之后，在所有人的企盼中，那雪才像出阁的新娘子似的羞羞答答，一步三摇地飘下来，有时候也不然，老北风虽然刮得紧，云层也很厚，天气也很冷，人们满以为这雪一定会下得不小，于是，持家的主妇们买回一大堆白菜萝卜等放在家里备用，孩子们便三五个地聚在一起商量堆雪人打雪仗的事，热恋中的恋人们则在盘算到哪里去赏雪景拍照，但计划不如变化，老北风像遇到了休止符似的戛然而止，云层渐渐地散了，老天露出了笑脸，气得让那些准备“猫冬”的妇人们一边晾晒着萝卜丝一边咒骂这鬼天气，这就是南方的天气。在来京的列车上，我碰到了一个是30多岁的女子，在北京定居好几年了，当我向她打听北京的气候时，她说：“北京没有阴天，要么晴空万里，要么雨雪纷纷，冬天绝不会像南方一样干冷干冷的。”开始我还不信，到北京后才知道，她说得有点儿道理。虽然地上的积雪没化完，但天气很暖和，我换上了春装，内着一件薄毛衣外着一件长一点的外套，大摇大摆地走在北京街头，回头率倒是很高，并不是因为我漂亮，而是在北京那些还着厚厚的冬装的人们眼里显得有些另类罢了，以致连理发店的小师傅都以为我是从深圳来的。可一夜间，大雪纷至沓来。

雪，纷纷扬扬地下着，我站在窗边，鲁院里很安静，近处远处的屋面、树上都被雪花所覆盖，外面的马路也安静异常，就像乡间的原野，前几天还在院里叽叽喳喳的小鸟也不见了踪影，每天从窗前掠过、带着哨音的鸽子群也没出现，它们此时是不是也和我一样站在它们的窗前注视着这漫天的雪花呢？鸽子哨，以前只是在书上看过，这次在北京却真真实实地听到了哨音，它谈不上美妙，还可以用“单调”两个字来形容，可是听着却很亲切，带着一丝丝的颤音，呼啸而来呼啸而去，这也是老北京的特色了。天气预报说，明天又是一个艳阳天，明天，那鸽哨会在我窗前响起吗？我期待着……

到大连去看海

大海，我终于见到了大海！

人生沧桑几十年，大海对我而言是神秘而诡异的。在我很小的时候，我看过一本小人书，书名忘了，内容好像是保卫西沙群岛的故事，可记忆最深的是那蓝色的海水、无垠的沙滩、沙滩上那枚美丽而孤独的贝壳，还有两棵斜长的椰子树，这就是我对大海的一种最原始的认知。后来，我渐渐地长大，而关于对大海的认知也在我渐渐丰满的思维中丰富多彩起来：美丽的珊瑚礁、五彩斑斓的海底世界、鲜美的海鲜……同时对大海也有了一种莫名的敬畏之心，这种敬畏之心来自海啸、百慕大、海盗……但这些并没有影响我对大海的向往，大海的声音一直萦绕在我耳边在我梦里。

友人曾送我了一个很大很漂亮的海螺，并告诉我，在四周都很安静的情况下，将海螺贴在耳边就可以听到大海的声音。可我总是寻找不到一个很安静的地方，因为我们都处在一个嘈杂喧嚣的世界里，哪里能寻找一个安静之处呢？我也试着去听，可海螺里却是汽车的轰鸣和市井的嘈杂。失望之际，我置海螺于床头，任凭它蒙上岁月的尘埃。直到一次午夜梦醒，万籁俱静，静得天地间只听得见自己的呼吸声。透过窗棂的清月，那只海螺身上有一层淡淡的光晕，像一个酥胸半掩的娇羞新娘，不停地诱惑着我，让我再次有了一种欲望——听海——听海。翻身起床，将海螺贴在耳边，这次我真的听到了海的声音，“呜——哗——”我想，那一定是海风和海浪的声音。

走进英山

当杜鹃花谢的时候，我来到了英山，这是我第一次到鄂东大别山区来采风。同来的还有许多行业里的朋友，大家见面，自是欣喜万分，只是老面孔越来越少了，大多是生面孔。想起上一次笔会已是四年前，四年不见，老朋友们的容颜都有了许多沧桑，朋友们都说我没变，真的吗？无论是客套还是戏谑，我知道，岁月饶不了我！

这次笔会为期四天，厅里很重视，一个副厅长和厅机关党组书记到会讲了话，武汉大学文学博士给我们讲授了文学的“三性”：文学的个性、文学的哲理性、文学的地域性。他有一个观念我很赞同：“书有千万卷，找一本适合自己的书。”受益匪浅。晚上举行宴会，都喝得有点儿多。尽管这样，我们还是去飙歌，也不管走不走调，都高声吼、放声唱。只是雨太大，夜归宾馆，一个个成了落汤鸡，此时，酒醒。

第二天一早，就去了龙潭大峡谷，风景很秀丽，只是我依旧是看风景少，只顾埋头爬坡越涧，香汗淋漓，气喘吁吁。在爬一座陡峭的山崖时，一不小心，手中的相机坠落沟壑之中，山崖下是湍急的溪流，两边是湿滑的山石，要想下去找，困难重重，危险重重，因此，我很沮丧，不打算找了。可两个年轻的笔友古道热肠，仗义出手，不顾大家的劝阻，一定要下去帮我找相机。她们脱掉鞋袜，趟过溪水，辗转迂回，像两只轻盈的小猴子攀着岩石，抓着树枝藤蔓，每一步都惊心动魄，每一步都让我们心惊胆跳，终于，她俩爬到了半山腰，在厚厚落叶的山沟里，帮我找回了相机。感激之情难言于表，晚上，我花了 500 元请她们洗脚按摩，但我还是觉得过意不去，这份情谊让我永远忘不了。

下午到了南武当山，在道观里求了一卦，卦相很好，是上签，签文为：

砍树摸雀做事牢，是非口舌自然消，
婚姻合伙不费力，若问得失未逃脱。

我似懂非懂，一知半解。既然是好卦，那么我又烧了三炷高香，以求心想事成。

第三天是到英山的乌云山茶场参观，茶场的主人是一个40多岁的男子，热情好客，把我们带进茶山，手把手地教我们采茶。我也拎着一只小花篮采摘茶叶，乌云山的茶叶采摘要求很高，要一叶一芽，嫩黄的茶芽很难采摘，我采了半个小时也就只采了二三两的样子，还累得腰酸背痛，这让我理解了好茶叶贵的原因。茶场主人将我们采摘的茶叶收集起来，用一个筛子晾了一会儿，就现场给我们演示茶叶制作的全过程。炒锅的温度高达200℃，只见茶场主人两只肉掌在铁锅里翻来覆去，我有些怀疑那锅是不是真有200℃，于是也伸手去锅里摸索一番，可刚一伸到锅里，我便被烫得直甩手，妈呀，太烫了！可那男主人竟是如此的从容，仿佛是在冷锅里淘米。想起武侠小说里的“铁砂掌”，一定是如此练就的吧。便把男主人的手拿过来左看右瞧，软绵多肉，除了比我的手大一寸外没两样，真是奇怪。

青翠的茶叶经过一个小时的炒制，便在我们的茶杯里翩翩起舞，茶香袅袅。亲手采的茶叶，喝起来别有一番滋味，无法言说。

晚上，英山的夜也是五光十色的，一样的喧哗，让人有些躁动，于是几个笔友一邀请，我们立即出去买酒寻醉。一行人找到一个大排档，点了一盆油焖大虾几个小菜，搬来两箱啤酒，虾就酒，酒就虾，几个人喝得畅快惬意。踉跄至宾馆后花园，意犹未尽，刘姓小帅哥诗兴大发，曰：

雨夜尽饮红霞飞，梅姐笑醉后花园。
张秘夜寻嫦娥处，明月繁星梦中寻。

又到了分别的时候，四天的时间很短暂，但我又结识了很多新文友，下车前，再回首，把每一位朋友再涂一遍色彩印在我心里，唯恐忘却。

在乌镇寻找

在这个火热的夏季，带着在西湖都无法漂去的愁绪，我来到了乌镇，想在乌镇寻找一把篦梳，梳理那些疯长的杂乱的思绪，或是想在乌镇找一把钥匙，打开我那些纠集的心结，更想借乌镇的水再一次洗涤我已迷乱的心境，想让它像带走千年的悲欢与离合一样，把所有的一切都淹埋于吴山越水的烟云中，无声无息，不留下半点痕迹。

翠柳如多情郎君的手，一路牵着我走进了乌镇。

进乌镇时要过一座别具风味的古桥——逢源双桥，传说踏走双桥有男左女右的习俗：走一遍桥，须分走左右两半；又说左边是官桥（又称仕途桥），右边是财源桥，因此又演绎出走此桥便可左右逢源之说。后一种说法不免有些俗气，看游人各取所需地走过逢源桥时，我却在逢源双桥桥头有了些踌躇，我该走哪边？对仕途和钱财我都没兴趣，有第三种选择吗？没有！那么，我就按传说中的习俗走左边吧，我在心里已把“逢源”

改成了“逢缘”，能和我一起在同年同月同日同一时刻走过此桥的人，那是我们前世修了几千年的缘分呢？

过了逢缘桥，我便触摸到了乌镇的脉搏，倾听到了她那细匀的呼吸，聆听到了她喃喃的细语，她仿佛是我闺中的密友，在某一个阳光很好的下午，坐在蓊郁的葡萄架下，沏一壶西湖龙井，在袅袅的茶气中把所有的心事和秘密向我娓娓道来。

小桥，流水，人家；柳色，橹声，呓语。

青石板泛出青幽幽的光泽，仿佛女人幽怨的眼神，长长久久地向小街的深处游弋，乌镇的脚步在它们身上敲出各个时代不同的音符，无论它们承受的这些脚步是高贵还是卑微、是从容笃定还是茫然沉重，它们的态度都是那样的淡定而宠辱不惊，像一个慈爱而饱学的老者，用睿智的眼光关注小镇的人情冷暖风雨烟云。而始终陪伴它们左右的是那些乌漆麻黑的小木屋，岁月也不知为古旧的小木屋裁剪了几套衣裳，我努力地想从那些已皴裂得如老人皮肤皱褶的木板中寻找它们过去的容貌，可我只能看到一点点轮廓，就像看一双磨穿的千层布鞋底。

青石板铺垫的小街依然热闹，但街两边的那些小木房已紧闭了它们的心扉，把自己封闭在过去的记忆中。它们的目光是冷漠的，很像庙里的菩萨，木然地注视着来来往往的善男信女，嘴角似乎还有一抹不易察觉的冷笑。

我孤独地行走在青石板上，在心灵的深处搜寻与小街有关的碎片。我希望我是枕水人家的一员，倚窗看河面上穿梭的乌篷船，或是枕着水波听那橹吱吱呀呀唱歌的声音；我希望我是邻家那扎着两只“朝天椒”的小囡囡，高举着阿娘给的一枚铜板，乐颠颠地跑到杂货铺子里买我心仪的麦芽糖；我希望我是待嫁的姑娘，在春天霏霏的细雨中或是在丁香花开的季节，撑着一把油纸伞，款款地走在小街的青石板上……

我近乎臆想的思绪随着探寻的目光定格在左边小木屋的空

隔处，透过这个只有五六平方米的隔断处，垂柳、流水、小船、对岸如织的游人全收入眼帘，带着一抹好奇，我穿过空隔，也穿越了时空，我看到了一个水乡的女子，头顶蓝花头巾，身着蜡染蓝花布衣，腰系绣有牡丹的黑围裙，坐在河边的青石上，一边綄洗衣物，一边睃瞟河里的船和岸上的行人，她在找谁呢？是在找那个让她怦然心动的影子吗？可我分明看到了她脸上的失落和几滴水珠。于是，纤手飞舞，棒槌声声，响在时空里，响在小街深处，她要把所有的烦恼都敲打出来，让它们从满是沧桑的石阶上缓缓地融入水中，随波而去……

一阵清凉的感觉惊醒了我的幻觉，定眼一看，两个年轻的女子正蹲在河边戏水，见殃及了我，都有些不好意思，我拍了拍衣服上的水迹，宽容地对她们笑了笑，穿过隔断处，又重新走在小街的青石板上。我很感谢她们将我拉回现实，让我不至于变成一个徒伤悲的水乡女子。

我继续在乌镇的小巷里寻找。无意中走进了夏同善家，倾听了夏同善与小白菜的故事。《杨乃武与小白菜》是轰动江南的四大奇案之一，最后得以昭雪是得到了清同光朝的刑部官员夏同善的鼎力相助，出狱后，小白菜来到了桐乡的乌镇，来到了夏同善家，为报答夏同善的救命之恩，情愿以身相许，为他叠被铺床，侍奉晨昏三月有余，然后到乌镇的一个尼姑庵削发为尼，演绎了一段极为感伤的百日情缘，可我不明白，小白菜仅仅是为了报恩吗？难道就没有感情的色彩？夏同善为什么没有留下小白菜？他们之间也是不是有太多的无奈？但我可以从小白菜即使出家也不远离夏同善这点看出了小白菜的情义，她知道自己永远也走不进夏同善的生活中，于是遁入空门，清灯孑影中把所有的情丝都装入那只木鱼里，在漫长的岁月中轻轻地慢慢地敲啊敲，敲出断桥遗恨，两处闲愁。曲终人散时，只有青山未老水长流。

“寒树烟中，尽乌戌六朝旧地；夕阳帆外，是吴兴几点远山。”是谁在通济桥上留下词句把我的愁绪延展？寒树烟中，夕阳帆外，我在乌镇的桥上遇到了寻找许仙的白娘子，她眉蹙烟云，凄婉地立在桥头，如烟雨中的柳，金山寺的钟声在风中隐约。她无奈于爱人的逃避，无奈于千年等一回的爱情，在吴越的山水中寻觅一份不被世俗浸染的爱，她问我，爱情为什么会有那么多的桎梏？我无言以对，于是，一声轻叹千年不绝，一行清泪西湖不竭。

走过那酷似西湖断桥的通济桥，突然，我觉得心中涌过一丝悸痛，我想，我不能再在这些幽深的小巷里走下去了，否则，我会崩溃的，因为我在乌镇所寻到的不是心灵的钥匙而是更为沉重的枷锁，旧愁未了新愁生，让我更为感伤。我望着身边来来往往的游人，很惶惑，很惊恐，像一只找不到方向的梅花鹿。我避开熙熙攘攘的游人，呆立于河边的石阶上，一叶小舟停靠在我面前，我逃也似的上了小船。我多想化为水中的一尾鱼，在清水中让自己的灵魂得以净化，水生莲，莲生佛。

柳条轻拂，橹在水中歌唱，小舟悠悠，穿过一座座小桥，两岸的小木房、青石小巷、临水的石阶一点一点地从我眼中逝去，我浑然不觉两岸的美景，依然沉浸在梦里，一些不切实际的梦！我无法排解我内心的惆怅与孤独，无法拆除心里的那一道墙，我不知道这种剪不断理还乱的愁绪将怎样左右我的生活，我梦呓般地自问：我该何去何从？

你不上岸吗？一个声音传入我的耳里，打破了我的梦境，让我蓦然一惊。抬头一看，是船夫在问我。到岸了吗？我回头一看，是的，岸就在眼前，我在心里轻叹一声，是该上岸了啊！

“断桥”惊魂

2010年12月10日，我们单位工会开展活动，要搞冬季拓展训练。一听说要搞拓展训练，我和同事们面面相觑，谁也不知道那是什么训练。以往每年单位都要组织一次工会活动，基本上都是搞些打扑克、跳绳、投镖、定位投篮等简单而无趣的小儿科游戏，然后再发点儿纪念品了事。年年如此，没有一点儿新花样，每年我都不想去，但又不得不去，真是烦恼极了。

今年，搞什么拓展训练，听起来很新鲜，但我想，那只是换了个“马甲”而已。

通知是八点半到某培训基地集合，可我一觉睡醒已是8点，手慌脚乱地洗漱后狂奔下楼，楼下已空无一人，看样子同事们已经出发了。乘公汽已来不及了，因为很远，再说我也不知那个训练基地在何方，为了不迟到，我拦了一辆的士，因为的哥们都是活地图。

20多分钟后，我到达了目的地。那是市郊的一处电力单位培训基地，是专门培训电工的地方，后来慢慢演变成集训练、娱乐为一体的游乐场。我们一进场，教练就让我们脱掉厚重的冬装，全部换成迷彩服，这一换气氛就出来了，个个像战士。

教练把我们分成四个小队进行“PK”，让我们自己选队长、定队歌、定口号。我们队选的队长是一个姓古的同事，他壮实得像头牛，又黑又胖还有一丝野气，有同事就建议我们这个队就叫“牯牛队”。我们的队歌由《我们工人有力量》改编，一时间，训练场上便响起了“我们牯牛有力量，我们牯牛有力量……”和我们“P K”的对手取名叫“幺鸡队”，开始报队名时，我们全听成“妖精队”，一个个笑得人仰马翻，另外两个队取得队名都还中规中矩，只是有一个队的队歌有点儿搞笑，利用敌杀死的广告词，个个“杀气腾腾”地唱道：“我们是害虫，我们是害虫，杀！杀！杀！”

这次活动共有“断桥求生”、“飞夺天堑”、“雷区取水”和“劈波斩浪”四个项目，最刺激最惊险的是“断桥求生”、“飞夺天堑”这两项，全部在十米高的地方进行。我们牯牛队首先挑战“断桥求生”。我们队长踌躇满志，大有初生牛犊不怕虎的气势，安全员为他系上安全带后，众目睽睽下，他满不在乎地“蹬蹬”地爬上钢架，可一上去后，他就像泄了气的皮球，怎么都不敢跨过那一米二宽的断桥，让我们在下面大眼瞪小眼干着急，幺鸡队的队员们则在下面起哄。我们又是呐喊又是助威，可整整半个小时过去了，队长就是不敢跳过去。没办法，安全员让他下架。出师未捷身先死，怎不叫我们伤心？一男队员急了，吼道：“什么狗屁牯牛，就是一狗熊。”本来准备败下阵地的牯牛队长一听，“腾”地一下从钢板上站起来，重新走到“断桥”前，大有“我不下地狱谁下地狱”的架势，只见他一抬腿，人就跨了过去，然后反身跨了过来，又两腿分劈在断桥上，如同玩杂技，我们全看傻了，只到安全员把吊到地面，我们才缓过神来，一时掌声响起，为我们的队长喝彩。再一看队长，大冷天，一头的汗。

轮到我上了。安全员为我挂好安全带，我便向上爬，一边爬还一边笑队长，就那么可怕吗？把一个大老爷们吓了那个熊样？可等我上去一看，顿时感到眩晕，那钢板宽度只能放下两只脚，还要在上面走几米才能到“断桥”边，此时，我的腿已如干面条遇水——软溜溜，如果不是安全员将我背后的绳子提紧，我恐怕早已不能站立了，我紧紧抱着身后的钢柱，不敢挪半步，同事们在下面一个劲地为我加油，可我就是不敢走，这时，我才能体会到队长的怕。看我实在不敢走，安全员就在下面喊，让我爬到断桥边后把我吊下来。我一听他这话就恼了，让我爬？几十双眼睛看着我爬？那丢人真是丢大发了，我才不掉这份价呢，我稍稍定了定神，小心翼翼地挪脚，一步一步向断桥走去。每挪一步，心都会“砰砰”乱跳。终于到了断桥边，风，刮在脸上有些凉，我用手一抹，手上尽是水，原来我也出汗了。对面的钢板近在咫尺，我试了又试，脚就是不敢跨出去。但回头路已不好走了，心里生出一丝悲壮来，打龙袍是一死，打皇帝也是一死，拼了吧！想到这里，顿时勇气倍增，“嗖”地一下，我朝对面的钢板跨过去……

当我稳稳地站在对面的钢板上时，心里一阵轻松，并没有什么难，怎么刚才就觉得这么难呢？我再返身跨回去，也是相当轻松，全然没有开始的那种恐惧。怪不得教练说：断桥一小步，人生一大步。我明白了其中的含义。

其实，凡事开头难，只要有勇气、义无反顾地迈出第一步，后面的路就会越走越顺。人生路上多坎坷，第一步最关键。

千里之外的重逢

2012年11月底，应一家杂志社的邀请，到湖南张家界一温泉小镇参加联谊活动。却不想在张家界火车站遇到了离别28年的高中同学，重逢的喜悦让我们相拥在一起，忆不完的恰同学少年事，直感叹缘分太奇妙。

1979年秋，我离开了父母，前往老家——湖南一座小城求学，那年我刚满14岁，跟着当老师的伯伯生活。伯伯离婚20多年一直没再娶，虽说伯伯是我至亲的亲人，可伯伯很少关心我，更不用说照顾我，他总是一副阴沉沉的面孔，让我一见到他就像老鼠见了猫似的，一声都不敢吭。好在我单居一室，把家里每月寄来活命的钱粮换成饭票后吃食堂，跟伯伯接触得少。尽管如此，但我还是十分感谢他，是他给了我一片心灵的净地，让我远离了苦难，在我成长的路上给了我一路的阳光。

从 14 岁少小离家到 20 岁高中毕业离开那座小城，陪伴我最多的是我的那些同学，她们陪我走过了那些寂寞的岁月，陪我走过春夏秋冬，陪着我一起长大。

高中毕业后我考上了湖北襄樊的一所学校继续上学，和同学们失去了联系。两年后，我再回湖南找她们时，她们都已各奔东西，加上这次回湖南，伯伯新娶的女人无事生非，闹得很不愉快，在湖南没待两天就离开了，这一离开就是 20 多年。

20 多年里，我常常会想起中学的同学，想起在那里读书的那些快乐抑或孤独的日子。每次看到身边的同事、朋友们去参加同学聚会，心里都羡慕至极。

2008 年 6 月，伯伯去世后，我回到湖南参加伯伯的葬礼。再一次去寻找同学的踪迹，依旧一无所获，只是找到了几个曾经教过我的老师，从他们那里略知一些比较熟悉的同学的大致情况，至于联系方式，老师们也不知道。我又一次失望而归。

这次到张家界开会，当我坐在火车路过我上中学的那座小城市，心里还在想，我那些同学在哪里？他们在干什么？

也许是老天眷顾我这片思念之情吧，那天到张家界火车站时，因河南的一个作家所坐列车晚点一个多小时，在等他的过程中，我在张家界车站广场转悠。迎面碰到三个女的，当时我并没在意，其中一女的停在我面前，有些迟疑地问："这好像是阿乌吧？"听她在提我的名字，我停下脚步，定眼一看，我并不认识。她又问，你是阿乌吧？

我点点头，问她是谁？她惊喜地拉着我的手，说，我是平平啊，一中的。经她这么一说，我的脑子迅速地对照她的相貌进行检索。

哦，想起来了！她是我中学同级不同班的同学，是我们校长的千金。一个清清秀秀、文文静静的小女生，扎着马尾巴，长着“地包天”的小牙，可这并不影响她的秀气，反而那上翘的小下巴使她陡生了很多俏皮韵味。中学时我们常在一起玩。

再端详她时，小时候的容貌依稀还在，只是岁月不饶人，她也是40多岁的妇人了。

千里遇故交，执手相看泪眼。相逢的喜悦让我们眼圈都红了。我们站在寒风细雨里，道不尽如烟的往事，诉不尽思念的朝朝暮暮。

时间就这么一秒一秒地过去了，又要分别了，当我把她们送入车站挥手道再见时，心里有万分的不舍。她这次是和同伴们趁假期来张家界旅游，没想到遇到了我。只是时间太短暂，我们不能相处太久，我们互留了QQ号码、电话号码。

这次相逢，真让我感慨万端，在茫茫人海中，有几人能有这样的奇遇？平平就像一座桥，将我和断了很久的同学们又连在了一起，特别是她在时隔28年后还能在人海中一眼将我认出，这又是一种怎样的缘呢？

我要感谢平平，感谢这次相逢，让我在这个寒冷的冬天感到了融融的暖意。

留心之处皆文章

许多朋友看了《蝶恋水》后问我：“你的创作灵感来自何处？”我说：“灵感来源于生活，只要留意，只要有心，处处皆文章。”

其实，生活中有许多让人感动的事，常常因感动而感慨，又因感慨而高歌，我的《蝶恋水》就是如此产生的。

每年的7月，在渠道上巡堤查险时，渠道边有许多野芫荽，翠绿的叶子上衬着碗口大的白色碎花，成群的白蝴蝶时而歇息在花蕊上，时而围着它们翩翩起舞 。特别是有风的日子，碧绿的叶、洁白的花、飞舞的蝶，在风中飘动，如同碧水溅起水花，这种景观常常让我看得入迷，心为之而动。

那年五一长假，我和朋友去漳河观音仙岛游玩，在船上，我看到了成群的白蝴蝶不惜牺牲自己的生命而追逐浪花的一幕，瞬间，脑子里闪过了巡渠时所见的那一幕，两者有着惊人的相似，把水花也当成“花”来爱，蝶恋花真是名不虚传。

文章有文章的灵魂，要把一篇文章写好，关键是要使文章有深刻的思想内涵。我想：水，是生命之源，万物生长离不开水，蝴蝶这个小精灵也不外乎于此。“爱我所爱，无怨无悔。”这就是它们的生命理念，它们不惜生命而逐浪，只因为那浪花就是它们心中的“花”。它们为什么会如此爱漳河的这些“花”？只因这些“花”的纯洁与美！而又是谁创造了这些纯洁与美的“花”？是我们漳河人！由此，在心灵深处，我“看”到了与观音仙岛遥遥相对的是鸡公尖烈士纪念碑，这里躺着许多为建设漳河水库而献出了宝贵生命的烈士，他们长眠在青山绿水间，将一颗赤诚的心融入这片山水中，头枕波涛，听漳河唱，听漳河笑。如果生命真有“轮回”之说的话，那么，我相信，那些白蝴蝶一定就是他们的化身！

于是，我写了《蝶恋水》，算是为了那不曾忘却的怀念吧。

第四辑 你好！漳河

梦中的天堂

我是一只小小鸟，不要问我从哪里来，也不要问我到哪里去，我飞遍了地球的每一个角落，高山、大川、戈壁、沙漠，只为寻找我梦中的天堂……

我不知道我的出生地。母亲教会我飞翔后，便倒在了枪口下。我战战兢兢地飞起来，羸弱的翅膀在风雨中扇动，无数次的跌倒，无数次的受伤，我都勇敢地挺过去。我躲过了毒蛇的尖牙，躲过了老鹰的利爪，我不停地飞，我不停地找，我要寻找我梦中的天堂！

我飞到了中东，王子与公主美丽的爱情故事千古流传，我要在清真寺上安家，寻找我梦中的王子，和他一起比翼双飞。然而哭墙下的枪声惊碎了我的梦想，恐怖的子弹几乎将我撕碎，我穿过加沙的硝烟，飞到了自由之剑上，在这里，我看见了侵略与被侵略，我看见了同室操戈，血肉横飞，哀鸿遍地。我仰天悲鸣：真主啊！你在哪里？快快来拯救那些迷途的羔羊吧！我仓皇而飞，逃离这块战火纷飞的土地……

飞啊飞，我飞到了自由女神的火炬上，静静凝望，美利坚的强大和自由让我心旷神怡，这里也许永远不会有夺命的枪炮声，我要把家安在世界最高的双子楼，鸟瞰大地，引吭高歌，多么惬意！多么快乐！我为我的梦想而陶醉。我鼓起羽翼，向那理想的塔楼飞去。两只更大的“鸟”从我身边闪过，它们亢奋的呼啸声几乎把我震落，它们冲向双子塔，我羡慕它们的强大，更羡慕它们飞翔的本领，它们也是去双子塔上寻找梦中的家园吗？可我看见它们穿楼而过，在空中炸响，腾空的浓烟，烈烈的火焰，几乎烤焦我的翅膀。在人们的惊呼声中，我梦中的天堂顷刻间在火光中坍塌……我久久地注视这场人间劫难，无语凝噎！天空中飘着细雨，那是上帝的眼泪。

哪里才有我快乐的家？哪里才是我的梦中天堂？有个声音告诉我：60 年沧桑巨变的中国——人间的天堂！

我追随那吉祥的奥运圣火向东方飞翔。

我飞啊飞，飞过珠穆朗玛峰，山顶上那面鲜艳的五星红旗迎风招展，给了我无穷的力量。

我飞啊飞，飞到长城，那是炎黄子孙不屈的脊梁，雪灾、地震……无数的灾难让中华民族更加坚强！多难兴邦——“神六”、“神七”缔造了中国飞天的神话，国际海洋护航、维和雪甲午之耻！

我飞啊飞，随那 29 个七彩的“脚印” 飞到了“鸟巢”，这里画轴徐展，这里歌舞升平，五千年的华夏文明震撼世界，百年梦想让炎黄子孙热泪盈眶，奥运之火光耀全世界。

我飞啊飞，飞过黄河长江，黄河的奔腾让我心潮澎湃！“高峡出平湖”实现了几代人的梦想！

我飞啊飞，我飞到了荆楚明珠——漳河观音岛，多么美丽的地方啊！青青的山，碧碧的水，田野里金黄的希望，河边柑橘飘香，船儿穿梭忙，鱼儿跃出仓……

我站在巨人的肩头，聆听着山水深情的诉说。青山告诉我，她的怀抱里长眠着一群不朽的忠魂，他们用生命和鲜血描绘了今天这幅美丽的画卷；绿水告诉我，60 年前她曾经的狂野和桀骜，是十万人民用智慧和汗水驯服了她，让她造福于荆楚……

我用清清的漳河水洗去翅上的风尘，抖抖羽翼，透心的舒畅。我高唱一曲，引来声声和鸣。我迷醉在这山水间，这才是我梦中的天堂！

我用勤劳的双脚采来枝叶，用灵巧的嘴衔来泥土，我把温馨的家筑在了观音菩萨的肩头上，和她一起迎接朝阳初升，目送夕阳西下，见证中国巨龙的腾飞。这里没有硝烟四起、没有枪炮惊魂，我尽情地享受着和平温暖的阳光，我日夜在观音菩萨的耳边祈祷：请您用神奇的柳枝拂去战争的阴霾，请您用净瓶中的圣水浇灭远方的战火，让母亲不再流泪，让孩子们在阳光的草地上尽情地玩耍……

我在这片土地上纵情歌唱，我在这片蓝天下自由翱翔，因为，这里就是我梦中的天堂！

漳河雾景

漳河的雾并不是依山而成，而是依河而生。漳河有多长，漳河的雾就有多长，漳河的水流到哪里，漳河的雾就会跟随而去。一年四季，生生息息，相伴永远。

漳河的雾其实很平淡很朴实，没有黄山雾的磅礴与恢宏，也没有庐山雾的那种隽秀与飘逸，她要么轻渺如蝉翼，要么厚重得如屏障，平平淡淡，一如漳河人，只知奉献，从不张扬。而雾中的景色也只能算是一块未经雕琢的璞玉，自然、清新、纯朴，但是，正是这种平淡与朴实的结合，才使漳河别有情韵更具魅力，让人无法忘怀。

漳河的春是美的，雾是甜的、香的。泛舟漳河，两岸的山在朦胧中迤逦，两岸的村落影影绰绰。雾里看花是漳河风景中的风景，把桃花看得好像犹抱琵琶半遮面的美少女，粉颈含羞，偎依着青山绿水，轻拢慢捻，细细地诉说着红花绿叶对这方水土的深情厚谊。雾里看花，把梨花看得玉树临风，亭亭玉立，更显得冰清玉洁；雾里看花，把满山的红杜鹃看得热血沸腾，瞬间变成一把把热情的火，仿佛要烘干那满山的雾。雾里的山歌更有一种无穷的韵味，山妹子十指尖尖采茶忙，清脆悠扬的调子在雾中弥漫，一片片带着露珠的嫩芽就像那些水灵灵的山妹妹。春雾的香甜与山妹子的灵气使漳河的观音茶闻名遐迩，用沸水冲泡，沸水中的茶叶上浮时婀娜多姿如敦煌的“飞天”，下沉时广袖轻舒，翩翩跹跹，一如下凡的仙女。顿时，茶香扑鼻，沁人心脾。云雾深处，细细地去听，细细地去品，你会听出山妹妹的情，你也会品出漳河茶的魂。

夏天，漳河的雾是那样的轻淡，轻淡得一如西子淡抹的妆，而且只能是远眺时，在黛色的远山或是水天相接处，才能看到那层似有似无似梦似幻的雾。夏天的热情，也只有夏天的热情，才能揭开漳河神秘的面纱，让天更蓝，让水更碧，让一切都变得明媚而灿烂。

深秋的季节，漳河的雾变得深沉起来，如同一位少妇，少了一份青春的躁动，多了一份成熟的风韵。晨雾中最让人心醉的是码头上那群接船的大姑娘小媳妇，她们在等候爱人的归来。秋天，正是漳河银鱼成熟的季节，漳河畔精壮的汉子全都下河捕银鱼，每天一大早，留守的人儿便早早地来到河边伫立翘盼，一如三峡的神女，望穿秋水，盼着爱人的归来。这便成了漳河秋雾中一道亮丽的风景。而那些汉子们却不解风情，一夜辛劳后，往往还要泊在某个小岛上，拾柴升火，煮上一锅鲜美的银鱼汤，美美地过一把酒瘾后方才驾船回家。于是，人未到，晨雾就把那股浓郁的酒气传到了码头。回来了，回来了！女人的眼都齐刷刷地盯着河心。不一会儿，汉子们满脸喷红地出现在她们面前。这时，女人们欢天喜地地迎上前，各自寻找着各自的男人。一个汉子不知在自己的小媳妇耳边说了些什么，羞得小媳妇嗔怪地掐了他一把，他便夸张地大叫，惹得人们一阵大笑，于是，雾也醉了，心也醉了……他们的欢乐仿佛也感染了岸边的牵牛花，一根根牵牛花藤缠缠绵绵，沿着河岸一路攀爬，爬过草地，爬上树梢，一直爬上农家的篱笆墙。红的、紫的、蓝的……一朵朵牵牛花像一支支高亢的唢呐，吹红了漳河的橘子，吹熟了田野的谷子，吹出了漳河人心中那支幸福而快乐的歌。

最引人遐思的还是冬天的雾，厚厚的、浓浓的像屏障。在大雾弥漫的时候，逆水而上，客船在能见度极低的漳河里变成了爬行的蜗牛，凭栏而立，船工在云雾中穿行，如临天界。河风吹起衣袂，你会有一种飘然之感，同时也感觉到一种神秘，有一杏眼想洞穿一切的欲望，然而，在这浓雾中，什么也看不见，唯有用耳和心来感受一切。路过集镇，喧嚣的叫卖声、讨价还价声让你想到那繁荣火红的集贸市场；路过村庄，那此起彼伏的鸡鸣狗吠、牛羊“哞哞”声，你会想象出那殷实的农家日子……如果天气好的话，大雾便在正午时会渐渐地变淡，这时站在甲板上你会看到成群的野鸭在水面上游弋，尽情地享受冬天的阳光，两岸的树叶也因风霜的浸染变成了深红的颜色，正是“霜叶红于二月花”。漳河的渔民们早早地固守在岸边的某个阵地，因雾开云散，阳光普照，漳河里成群结队的小白鱼露出水面享受阳光与新鲜空气，渔民们撕开手中的网，收获着一网一网的喜悦，也收获着今天的好日子。

烟波浩瀚的漳河因雾而神秘而生动，漳河的雾因平淡朴实而无人喝彩，一年四季，静静地来悄悄地散，但是，正因为她的平淡朴实，才有了漳河美丽的山山水水，才有了一种“天地皆浑浊，唯我独自清”的魅力，平淡之中才是真！

美丽富饶的漳河

漳河是荆楚大地上一颗璀璨的明珠。1958 年 10 多万人民发扬愚公移山的精神，开山辟岭创建这条举世闻名、神奇而美丽的人工河。前国家领导人董必武、李先念曾多次来漳河视察，并留下许多珍贵的墨迹。

几十年如云如烟。今天的漳河，在管理开发利用等方面都有突出的成就，化单一为多方利用，发展了旅游、发电、运输、灌溉、人工养殖等，各行各业乘着改革的春风步步朝前迈进。为了开发漳河的水上资源，为了揭开漳河美丽的面纱，发展漳河的旅游业，漳河开辟了水上娱乐园，购置了大型豪华游轮、游艇，修建了水上宾馆……每年到漳河旅游观光的游客，不下数万人，使漳河的旅游业蓬勃发展。

漳河的春天永远像一位文静、美丽的少女，脉脉含情地躺在群山峻岭的怀抱里。让我们走进漳河的春夏秋冬，去领略她旖旎的风光吧。

漳河的春天，是绿的世界，是花的海洋。坐船逆水而上，两岸青山绵绵，山水相映，水鸟嬉戏，游鱼细石，相映成趣。四五月间，满山遍野的映山红像一团团燃烧的火焰，映红了山，映红了水，旅游的人们采了花，看了水，游了山，留了影，坐在亭子间，享受“才饮漳河水，又食虹鳟鱼”的乐趣，优哉游哉！

溢洪是漳河夏日的风景，虽说没有钱塘潮那样闻名遐迩，但漳河溢洪能叫人热血沸腾，心潮澎湃。

夏季多雨，河水猛涨，漳河便要溢洪了，打开溢洪闸，碧水像千军万马般齐齐地扑向几十米深的山崖，撞击对面的山头，如雷贯耳，回击成巨大的水柱，抛向高空，形成乳白色的水雾，在山间环绕，似云似纱，山头上的一切都隐隐约约起来，观之如海市蜃楼，这时，游人们便如临仙境了。如果关了溢洪闸，游人们最爱去的地方便是溢洪沟。

溢洪沟在两山之间，天然而成，幽静森然，沟内乱石穿空，根藤如索，一洼洼积水，清如碧潭，五彩的卵石千姿百态，让人爱不释手，依藤而攀，或采一束野花，或摘一捧野果。不小心也许会窜出一只受惊的兔子或是一只斑斓的锦鸡，让你在心悸之余又平添一种冒险的刺激和喜悦。人们常说：柔情似水。当你看到山壁的岩石上那层深深的沟痕，你就会感叹水的鬼斧神工了。出了溢洪沟，展现在眼前的便是一片宽阔的河滩，卵石和着柔软的沙子，你可以席地而坐，看清清的流水，送归山的夕阳，听清脆的鸟鸣，或品尝美味的野餐，其乐无穷。

如果你去了溢洪道，而不去观音寺大坝，这不能不说是一种遗憾。观音寺大坝高 60 米，长 1000 多米，远远望去就像一条灰色的巨龙横跨南北，庄严、雄伟，让人肃然起敬。为了修筑这条大坝，159 名烈士长眠在观音山下，多少个日日夜夜，大坝拥着河水低吟着一支支悲伤的歌，如泣如诉。“风萧萧兮易水寒，壮士一去兮不复还”，英雄们去了，然而，他们的业绩却永垂青史。

经过春天深情的孕育，沐浴过夏季蓬勃的热情，秋天便成熟了。沿河而上正值橘黄稻香，两岸果实累累的橘林丰收在望，橘香随风飘散，沁人心脾。昔日荒无人烟的小岛，如今已变成了鸟语花香的花果园。望着硕果累累的橘园，小岛主人深情地说：“党的政策好，咱们漳河人的光景真是一年更比一年强啊！”在这收获的季节里，最好的风景便是那些俏丽的山里妹子。她们肩上扛的，背上背的，手上提的全是丰收的山货。她们买下一堆花花绿绿的嫁妆，互相打趣，嬉嬉闹闹，一张张喜悦的脸，就像九月里盛开的野菊花。山里的妹子美，山里的妹子野，山里的妹子辣，山里的妹子哟——描抹了漳河美丽的秋韵。

寒冬腊月，万物萧何，然而，大自然永远也不会让漳河逊色。于是，天上的白精灵飘然而至，玉树琼花，冰雕玉砌的漳河雪景让人美不胜收，银装素裹的群山峻岭分外妖娆。雪天捕鱼，又是漳河风景中的风景，因天冷，小白鱼便成群结队地挤在一起，黑压压的一片，渔人们一网就能捞上几百斤，这时，渔人的喜悦就像雪花一样飘飘扬扬了。

漳河，美丽而富饶的漳河，30多年来，她以博大的胸怀和甘美的乳汁养育了我们这方人家。这片世外桃源，将在勤劳而勇敢的漳河儿女手中变得更加美丽富饶。

漳河红杜鹃

如果说绿似碧玉的水是漳河永恒的主题，那么如血、如火、如诗、如画的杜鹃花便是漳河永久的风韵了。

漳河的四月，是杜鹃花最灿烂的季节。山前、山后、山梁、山凹，到处都洋溢着一种热烈的气氛。徜徉在这花海中，尘世间的一切烦恼都会被这片红色所化解，随风而逝，一切理想一切希望都因此展翅而飞。这就是漳河杜鹃花的感召力，正是有了这种感召力，才使漳河平添了一种醉人的风韵，让人久久不能忘怀。

记得第一次看见杜鹃花，是在25年前我刚参加工作的那年早春的一天。那天，外出的我突遇暴风雪，一时间，漫天的雪花飞舞，天地混沌，大雪掩住了归去的路，我迷失在那风雪黄昏里。在这人迹罕至的荒山野岭之中，饥寒交迫的我被恐惧紧紧地攫住，绝望的泪在脸上狂泻，我一边哭一边不停地寻找归路。寻觅中我发现了一簇簇盛开的花，一朵朵火红的花就像燃烧的火焰，又像战斗的号角，更像飘扬的旗帜，热烈、豁达、顽强地展示着她璀璨的生命力。刹那间，我的心被深深地震撼了：梅花绽开在苦寒中，冷艳暗香，笑傲风雪；而这花却有着与梅花截然相反的风格，仿佛要用这红色温暖这个受伤的季节，把冰雪融化。这是一种怎样的风格啊！我的泪再一次漫过面颊，不为死的恐惧，只为这生的热烈与豪气。此刻，我整个心灵都被触动了，升起一种超越的感念：让我也像这花一样，勇敢地去接受风雪的洗礼吧！就这样，我曾一度绝望的心被这红花所温暖所鼓动，双腿也重新注入了活力。几经艰难的跋涉，我终于找到了归处。

阳春三月，当火红的花映红青山绿水时，我才知道这就是杜鹃花。而当我说起在风雪中见过它时，同事们都说我是“痴人说梦”，雪中杜鹃花子虚乌有。可我真真实实地感受到了她呀！我不想争辩什么，因为人中既有不凡的人，花中自有不凡的花。

从此，我对杜鹃花情有独钟，盼望花开的日子。每每置身于花海之中，我都会萌生一种感觉，总觉得那火红的花好像对我诉说着什么，可仔细一听，又什么也没有。我常常凝视着那些鲜红欲滴的花朵和花瓣上那深深浅浅的斑点，思索着，探寻着……

1998年10月，时逢漳河水库40周年大庆，我观看了《驯服漳河》的纪录片和《漳河志》，心中所有的困惑顿时解开了。翻开历史的长卷，那首凄凉的漳河民歌又在耳边响起：“水在河里走，人在岸上愁，天旱地冒烟，十年九不收。”年年的洪涝旱灾，给漳河两岸的人民带来了深重的灾难。20世纪50年代末，为了驯服漳河，为了子孙后代的幸福和安宁，十万民工经过八年艰苦卓绝的奋战，修筑了这座举世闻名的人工水库。再一次走进灿烂的花丛，我终于听懂了杜鹃花娓娓的诉说。在那热烈的氛围中，我感受到了当年十万民工驯服漳河，定把“水患变水利”的大禹精神和人定胜天的英雄气概；感受到每瓣花上那鲜血与汗水的气息。眼前那飘忽的花化作工地上无数飘扬的旗帜，耳边呼啸的山风里隐隐传来打夯的号子……

创业艰难何其多，旌旗十万降恶魔，风霜雪雨八载苦，血染杜鹃映山红。在修建漳河水库中，200 多名优秀中华儿女献出了他们宝贵的生命。据《漳河志》记载：1958 年冬天，大坝即将竣工，就在这里，发生了垮桥事故，木桥上许多民工纷纷落水，民兵排长率领岸上的人毫不犹豫地跳入刺骨的河水中救人。然而，无情的河水夺去了他们年轻的生命，当人们把他们的遗体打捞上来时，只见他们有的手拉着手，有的紧紧地抱在一起，依然像生前一样，团结一心，去战胜一切困难。看到这惨烈而悲壮的一幕，人们潸然泪下，刻骨铭心，以致许多老人至今讲起这件事依旧唏嘘不已，听者无不油然而生敬意，感慨万分。是啊，他们都是平凡得不能再平凡的百姓，就像杜鹃花，然而，他们却在漳河的建设史上留下了光辉的一笔。在鸡公山和观音岛上，两座高耸的烈士纪念碑庄严肃穆，200 多名英魂长眠于此。多少个日日夜夜，青山拥着河水低吟着一支支悲伤的歌，如泣如诉。每到清明时节，来漳河看杜鹃花的游人们都忘不了采一束火红的杜鹃花放在烈士们的墓上，而前来扫墓的亲人们则忘不了带一束染着他们亲人鲜血的杜鹃花回家供奉。“人生自古谁无死，留取丹心照汗青”，英雄虽然已去，但他们所留的那片丹心，化作那满山的红杜鹃，映红了漳河，照亮了漳河儿女前进的路。

“曾经沧海难为水，除却巫山不是云。”在我心中，漳河红杜鹃是世间最美的花。因为，一种花只有在她赋有特殊意义时才会久存于人们心里，永不凋谢，漳河的杜鹃花正是如此。40 年的风风雨雨，使漳河的杜鹃花更加红艳了，她凝聚了漳河儿女太多的鲜血和汗水。今天，漳河百里如镜的水域、肥美的鱼虾、荡漾的画舫、硕果累累的果园、隆隆的机器声……无不展示着新一代漳河儿女继承先烈遗志，团结进取，求实奉献，建设美好家园的时代风范。当先烈们九泉之下，看到漳河翻天覆地的变化时，定会笑得像那盛开的杜鹃花般灿烂。

漳河红橘

金秋十月，走进漳河，空气中迷漫着浓郁的橘香，就连漳河的水也浸染了这种香气，当漳河的水流进这千家万户时，人们就知道：哦！漳河的橘子红了。

橘子红了的时候，逆水而上，一片片的橘林伫立两岸，红红的橘挂在枝头，就像一盏盏迎客的红灯笼。近几年，漳河的橘是越来越有名，每当橘子成熟的季节，南来北往的客商云集漳河，于是，一向静谧的漳河便喧嚣起来：陆上，一辆辆满载着漳河橘的汽车在奔驰，水中，一船船前来赏橘的游人流连忘返；橘林里，只闻人声，不见人影，但那橘林深处传来的欢声笑语却分明透出摘橘人丰收的喜悦。大街小巷，卖橘人的吆喝声不绝于耳：“快来买啊，正宗的漳河橘啊，又大又甜啊！”

的确，漳河的橘又大又甜，而漳河李集岛上的橘更让人难以忘怀。李集岛是漳河水库众多小岛中的一个，面积约600亩，20多年前，这里还是一个荆棘丛生的荒芜之地。某一天，一个黑瘦的壮年汉子扛起锄头拎着镰刀来到了这座荒无人烟的小岛上。20多年里，汉子披荆斩棘，风餐露宿，吃了常人所不能吃的苦，受了常人所不能受的累，光锄头镰刀就用坏了上百把，他记不清自己流了多少血和汗，也记不清在水一方的妻儿为他流了多少泪。他抛家舍子，一个人如苦行僧似的在孤岛上奋斗，几次差点丢了命，终于，荒岛变了模样。当他在开垦的荒地上种上一棵棵橘苗时，也把希望和憧憬种植了。当那片荒地上第一次结出希望的果实时，他哭了；当他把自己所育种的橘苗无偿地提供给库区人民，看到库区人民因橘而富时，他笑了；当他种的橘成为漳河的绿色品牌，闻名全国，让人赞不绝口时，他醉了。20 多年后，他的鬓发已花白，他的背已微微有些驼，青春的风采已全部融入了那片橘林里，但他的形象却在人们心目中高大起来，中央电视台那闪光的镜头讲述了一个平凡者的故事，那些金光闪闪的劳动模范奖章记叙了他默默奉献的故事。请记住他的名字——陈良初，漳河水库管理局一名普通的职工。

天道酬勤，这是亘古不变的真理。李集岛的橘，因个大皮薄、核少甘甜而成为国家绿色食品标志。有个朋友尝了李集岛的橘后曾问我：“你们漳河的橘为什么这么甜？是不是用了什么化学药物催生的？”我哑然失笑，于是给他讲了种橘人的故事。他听后若有所思，当他再掰开一瓣橘时，一粒粒饱含汁液的橘肉裸露在我们眼前，他看着看着突然喊道：“快看，快看，这一粒粒橘肉多像一滴滴汗珠啊，我明白了，我明白了，你们漳河的橘之所以如此甜，是因为有了像种橘人那样勤劳朴实而善良的职工，物通人性，此话一点也不假！”看他能悟出漳洞橘甘甜的奥秘，我的心里便有了一种莫名的感动，但更多的是自豪，为漳河的橘，更为漳河的人。

山水画卷 魅力之旅

美丽而富饶的漳河，风光旖旎，环境优美，气候宜人，是荆楚大地上一颗璀璨的明珠。1958 年，10 多万人民发扬愚公移山的精神，开山辟岭创建了这条举世闻名、神奇而美丽的人工河。历经 40 多年的不断雕琢、不断完善，漳河就像一块碧玉脱颖而出，它美丽、雍容的风姿引得无数游人竞相观看。

一花独放不为春，万紫千红春满园。如果只说漳河的水之秀、山之灵，那就过于单调而片面了。漳河之所以能成为闻名遐迩的风景旅游胜地，不仅是因为有许多名胜古迹和优美动听的传说，更因为它占尽天时地利之优势。往北，有襄阳古城、三国时诸葛亮隐居的古隆中、武当山丹江口水利枢纽和原始森林自然保护区神农架；往西，有举世闻名的长江三峡、葛洲坝水利枢纽、屈原故里、我国佛教四大著名寺院之一当阳玉泉寺以及三国古战场的重要遗址，如当阳桥、长坂坡、麦城、关陵、季家湖和楚城遗址；往南，有国家森林公园张家界、自然保护区索溪峪、洞庭湖、岳阳楼、荆州古城和楚都纪南城。当人们在古隆中品味那种“前不见古人，后不见来者，念天地之悠悠，独怆然而涕下”的怀古情愫，再到三峡看那惊涛拍岸、滩险水急、山势险峻的大峡谷后，心悸之余，来到这似江南水乡，小桥流水人家的漳河，一种恬静而飘逸的感觉油然而生，别有一番滋味在心头。

漳河就像一位文静、美丽的少女，含情脉脉地躺在群山峻岭的怀抱里。一河碧水清澈透明，晶莹如镜，游鱼细石，历历在目，山水相映，相衬成趣。水中小岛星罗棋布，各具神态，尽显“百里画廊”之神韵。让我们走进漳河，去领略她旖旎的风光吧。

漳河的风景四季各异，各有千秋。人们把漳河四季的重要景观总结为：春拜观音仙岛行，夏入漳河洗暑尘，深秋采橘李集岛，冬观银装素群山。

走进春天的观音仙岛，这里浓缩了春的所有精华：苍翠的树木展现出一片生机盎然，映山红、月季、玫瑰把仙岛装扮得如神仙府地，飞舞的蝴蝶、枝头鸣跃的翠鸟让整个小岛充满了欢乐。小岛中央矗立着中原第一双面观世音菩萨，她头戴饰金花冠，蛾眉微竖，直鼻隆挺，朱唇锁闭，神态是那样的温柔、安详而慈善，端庄大方，眉宇间显示出豪爽英气，双目中流露着聪颖睿智。她远眺荆楚，近视碧波，左手握净瓶，右手持杨柳，亭亭玉立于云雾缭绕的观音崖山峰之上。在阳光照射下，由于水雾映成的彩虹，产生出奇妙变幻的环境，真是五彩缤纷，扑朔迷离，艳丽悦耳。在梵乐的奏鸣声中，人们就好像进入了一个如神话中的仙都宫阙和梦幻般的佛陀净土，九天至上的圣洁天堂。自然景色和社会风情，无不引人入胜，实在令人叹为观止！

四周还建有配殿，每殿的神龛上均供奉观音菩萨一尊，共有48尊，各具神态，无一雷同。殿前设有化香炉，香烟缭绕，云雾升腾，人们根据各自的心愿在相应的菩萨面前虔诚跪拜，祈求家人的平安幸福，祈盼来年的风调雨顺……

拜了菩萨，带着愉悦的心情，到“梦里老家”感受乡村风情，到“晃晃桥”上去感受冒险的快感。如果你还意犹未尽的话，那就带着你的胆识，去森林攀岩，去飞天走索，去空中鸟瞰，那水上飞伞会让你带着飞翔的喜悦像鸟儿一样自由滑翔在碧水蓝天间……

夏日炎炎，漳河独特的小气候让这里凉风习习，流水潺潺，柳丝轻摇，好一个清凉宝地。游人们不远千里来到这里，远离了城市的纷杂和喧嚣，在清凉的漳河里寻找一份惬意与宁静，让清清的漳河水洗去周身疲惫与风尘，然后泛舟冲浪，品鱼赏荷，乐哉优哉。

采橘是游客们的最爱。深秋季节，漳河两岸的红橘像一盏盏喜迎八方贵客的红灯笼，挂满枝头。游人们自己动手，一边采橘品橘，一边享受着丰收的喜悦，他们的欢笑声在橘林深处飘荡……

漳河的美不仅仅在她的自然风光、悠久的历史文化底蕴，更在于她雄伟的工程景观。观音寺大坝素称“亚洲第一土坝”，它和王家弯大坝、鸡公尖大坝、副坝组成一道钢铁长城，守护着坝下美丽的家园。从空中鸟瞰，它们又如一条巨龙横亘在崇山峻岭中，更如一条缚蛟长缨，锁住了曾经为害一方的恶龙，让它听从调遣，造福千秋万代。

伍峰寨、乐天处是两处古寨要塞，雄踞漳河之上，传说是兵匪争相盘踞的地方。伍峰寨上残留的青石台阶、屋基、山门仍然能看出当年森严壁垒的恢宏气势。乐天处是在悬崖上修建的一处防守工事，其险要大有“一夫当关，万夫莫开”之势。随着时代的变迁，如今的乐天处已成了游人们游玩的好去处，洞顶上那幅神秘的八卦图让游人猜不透其中的奥妙，使漳河更增添了几分神秘的色彩。

近十年来，漳河风景名胜区不断地开发古迹、建立景观、设立旅游景点、建立度假村、游览设施……成立了漳河旅行社，将漳河风光展示给全国，乃至全世界。

漳河优美的风光吸引了越来越多的关注，每年到漳河旅游的人络绎不绝，使漳河的旅游业蓬勃发展。1997年，漳河被湖北省人民政府授予“省级风景名胜区”，2002年被水利部授予“国家风景区”，2003年被湖北省文明委、省旅游局、省建设厅授予“湖北省文明风景旅游区示范点”，2005年2月被评为国家“AAA”级旅游区。随着时代的进步，随着历史的发展，在一代又一代漳河建设者辛勤的汗水中，我们相信，漳河旅游一定有一个灿烂辉煌的明天！

金丝花·望月崖

五月，走进漳河源，才知道这里是一块未经雕琢的天然的山水宝地，一切都是原生态。未经修剪的花草树木，以自然生长的姿态迎接着我们这群寻根探源的漳河人。涓涓溪流在乱石间穿梭奔走，略显慌张、兴奋和羞涩，如刚出山的小姑娘。掩藏于荆棘枝蔓的小径，总让人有些惊悚，生怕惊醒了蛰伏于此间的生灵，被它们出其不意地“亲吻”一下，于是我们格外地小心翼翼，尽量不打扰它们的生存领域，怕惊了它们的梦。探过老龙洞，走过再生桥，观了大小鱼洞，访了陈家老屋，一路上，都有金丝花相随相伴，一直到望月崖下。

金丝花，这是我给这花儿取的名，我不知道它真正的名字，暂且这么称呼它吧。它的花形有点儿像“勿忘我”，但“勿忘我”那淡紫色的花瓣让人感到清新、恬静、安宁，仿佛江南雨巷打着油纸伞款款而行的女子；可金丝花却不然，它给人的第一感觉就像一把火，让你一看到它就觉得心里有一种莫名的激动，它就像竞技场上“啦啦队”里那些跳着劲舞的辣妹，让你兀自生出一种力量和豪气。它每一片花瓣上有两种颜色，从明黄到血红，金黄色的花蕊细长细长的，像从云隙中透出的几缕阳光，但更像金子折射出来的光线，把它的叶衬托得很绿很小，茎秆也很长很细很软，在风中摇曳，似乎有些弱不禁风，一阵山风吹来，我不禁替它捏了一把汗，生怕它细嫩的花茎承受不了风的揉搓而折了腰，可它明明已被风压得贴在了地上，等风过后，它却像弹簧一样跳起来，又笔挺地站在我眼前，毫发无损，我甚至看到了它“调皮”的“笑容”。

在岩石主宰的山里，土壤是那么的珍贵，只要有一点土壤，都会被山民们利用起来，哪怕是只能种下一株玉米。我们常常会看到这样的景致：紧贴山岩的几株玉米或是丝瓜之类的藤蔓植物的根部都被精心地围砌起来，如城里的花台，初见时有些看不懂，后来才明白这是山民们为留住山风赠予他们的土壤而煞费的苦心。因为土壤的珍贵，金丝花只能生长在路边或是山民垄田的石缝里，尽管生存得如此艰难，但它无怨无恨，依然从容地迎接晨曦，淡定地送走晚霞，静静地与星月相望，与大山相恋，承天宇之甘露，吸大地之精华，和山里人一起坚守着大山，不离不弃，为大山添了一份妩媚的灵动和艳丽的色彩。

整个夏天，金丝花站在崖旁路边，以自己最美最真的笑容迎送着大山的子民，用自己的爱和美点缀着山里人的日子。每当山民们用背篓背着自己的劳动果实翻山越岭地去赶集，它总是怜惜地为他们拂去衣衫上的风尘，亲吻他们鬓角上的汗珠，这时，它从心里盼望新农村建设的步伐快点来到这崇山峻岭，“村村通”的康庄大道让乡亲们不再有肩挑背驮的艰辛；每当山里适龄儿童因路途遥远交通不便而无法入学时，它渴望“希望工程”的春风早日吹进大山深处，让山里孩子一个也不能少地走进教育的殿堂，让孩子们那朗朗的读书声和清脆的歌声萦绕在大山的每一个角落。

金丝花是爱的喁语，而望月崖则是爱的延续。

望月崖在陈家老屋前，约1000多米高，断崖如刀劈一般，呈灰白色，崖下就是陈家老屋和那条昼夜奔腾不息的溪流，这条溪流是流入漳河的水源之一，都说太阳至西水至东，可这条溪却背离了自然规律，离经叛道，头也不回地直径向西流去，而且还唱着歌，就像现在那些桀骜不驯的奥酷一族。这条溪半围着百年陈家老屋，而望月崖却把它们严严实实地包裹着，唯一的出路就是峭壁上那条人工凿造的羊肠小道。听陈家老屋的老主人说，有月的夜晚，一出门，抬头就能望到一轮皎洁的月儿挂在崖上，此刻，我的脑海里立即展现出了一幅美丽的画面：深蓝的夜空，浩然的明月，静谧的山崖和崖下沉睡的陈家老屋。因此，我就称这崖为望月崖。

走在望月崖壁的羊肠小道上，有的地方是用石头砌的，不是很规则，但很平坦，有的地方就是凿开的崖壁，一不留神，头就会撞在突兀的崖壁上，小道的宽度也只够两个人相向而行，峭壁上还留有早年开凿的痕迹，能在这么险要的绝壁上开出一条路，很难想象陈家老屋的先祖们需要怎样的勇气，付出怎样的艰辛和汗水？当年又是什么力量促使他们修造这条“天梯”呢？这让我想起了前些日子，我从电视里看到一部名为“爱情天梯”的纪录片，片中讲述了一个感人肺腑的爱情故事。故事的男主角只有70多岁，而他的妻子却已有80多岁了，可他们的故事却是惊世骇俗的。那是很久以前，片中的老太太还是一个小姑娘，她嫁到了小山村，生了三个孩子。日子本也平静，不幸的是她的丈夫因病撒手而去，只留下了孤儿寡母相依为命，那日子过得异常艰辛。村里有个年轻的小伙，经常来帮忙，日久生情也在常理。可是，那个小伙足足比她小了十几岁，她还带着三个孩子，这段恋情根本无法得到人们的认同。男孩的父母更是极力反对，事情很快就走到了无可回转的地步。眼看一场悲剧就在眼前，他们冲出世俗的樊笼，带着三个孩子私奔了，逃到了杳无人烟的荒山野岭定居了下来，一住就是40多年。这40多年里，他们相濡以沫，生育了四个孩子，养大了这七个儿女。而最让人感动的却是那“爱情天梯”。荒山野岭，自是无路下山，住了一段时间，那姑娘总想再看看外面的世界。为了能让自己的妻子下得了山，那小伙用一把凿子、一把榔头开始凿台阶。这一凿，就是40年。40年，小伙用他的手、他的心在荒无人烟的山里凿出了6000级的台阶；40年，小伙的黑发凿成了白发苍苍。他不仅用自己勤劳的双手和坚韧不拔的毅力实现了妻子的夙愿，也为儿女们开凿了一条通往幸福的“天梯”。

陈家的先祖们也是因躲避劫难而躲藏于这深山之中，“爱情天梯”这样的悱恻的爱情故事是不是在陈家老屋也上演过？我无从考证，但我从老人们膝下欢闹的孩子身上、从袅袅的炊烟中、从吱吱呀呀的水磨声中、从“哞哞”的牛羊群中我已经找到了答案。当我站在陈家老屋前，再次仰望崖上那条隐于茂密竹子中的“天梯”，我依稀看到了陈家那些先驱们，腰挂绳索，手握铁锤和凿子，一下一下挥汗如雨地为他们的爱人凿着通往幸福的天梯；我依稀看到月朗星疏的夜色里，一位美丽的姑娘站在山崖上，深情地和崖下勤劳勇敢的情哥哥对唱着一首又一首动听的歌谣；我依稀看到天梯的尽头，陈家俊朗的后生将一支美丽的金丝花插入情妹妹的发髻，然后牵着手一起走下了天梯……

干渠雄鹰

也许人们都看到过这样一幕情景：电闪雷鸣，风雨交加，一只雄鹰像一道黑色的闪电，搏击长空，勇敢地迎接风雨的洗礼；酷暑之下，烈日炎炎，一只雄鹰在蓝天上翱翔，目光锐利，警惕地注视着一切。而在湖北省漳河工程管理局总干渠管理处也有这样一群“雄鹰”，他们不仅要和烈日与风雨抗争，更重要的是他们肩负着神圣而艰巨的重任——总干渠渠道、水库的安全。

总干渠全长仅有 18.05 公里，与漳河二、三、四干渠上百上公里的战线相比，显得有点儿微不足道，但它却是漳河水库整个灌区的咽喉，同时它有着与漳河的其他干渠无法相比的特殊性：总干渠渠道上有东、西库、烂泥冲三个总库容为 891 万立方米的串联水库，有车桥、乌盆冲、杨家冲三个总库容为3500多万立方米的中小型并联水库，工程防洪保护范围内有焦柳铁路、荆沙铁路、207国道、汉宜公路、皂当公路及在建的襄荆高速公路，有荆门市及新埠河沿线的团林、五里、拾桥等重要城镇，总干渠渠道内常年水位都在两米以上。一旦渠库失事，那么用诗人李白的“飞流直下三千尺，疑是银河落九天”来形容这一泻千里的水就一点也不过分了。不过，它带给人们的并不是美的享受，而是良田冲毁、房舍倒塌、交通隔断，人畜溺毙的巨大灾难。因此，总干渠防汛抗旱、安全运行，责任重于泰山。在防汛抗旱的日子里，总干渠人紧绷安全生产之弦，加强渠道、水库的安全检查，狠抓安全生产责任制的建设与落实，从总支到基层，层层都签订了安全生产责任状，从领导到管理段每一个职工都划分了渠道及水库管理责任段面，他们在各自的责任段面上严格按《总干渠渠道工程管理条例》对渠道水库进行养护和管理。为了确保总干渠渠库的安全，总干渠上的每一寸土地都印有他们踏实的脚印，每一根草木都浸透了他们辛勤的汗水。

总干渠是20世纪60年代修建的渠道，到如今渠道工程老化得就像一位体弱多病的老人，每遇大流量输水，渠道上险象环生。这时，总干渠人的心都提到了嗓门眼上，谁也不敢有半点麻痹大意，谁也不敢睡一个囫囵觉。白天，渠道上骄阳似火，巡堤查险的小分队走过一拨又一拨，夜晚，渠道上又亮起了点点灯火，远远望去像一颗颗星星在渠道上闪烁，彻夜不灭。一段一段的渠道，一个一个踏实的脚印，一双一双锐利的眼睛，为了渠道、水库的安全，为了千万人的生命财产安全，他们废寝忘食，耳到、眼到、手到地进行拉网式巡堤查险，警惕地监视着渠道上每一处险工险段。

今年，由于水雨情特殊，总干渠渠道、水库水位都接近了汛限水位，总干渠的防汛形势十分严峻，防汛任务比其他地方的防汛任务更为艰巨，总干渠人又一次面临着更加严峻的考验，也为此付出了艰辛的努力。今年5月6日上午，又是一个大雨倾盆的日子，掇刀段段长严伟同志冒雨到15公里外的乌盆冲、杨家冲水库观测水位，由于渠道路面泥泞难行，所骑的摩托车陷入泥坑并熄了火，在那前不着村后不着店的荒野之中，他使出全力也未能使摩托车脱离陷坑，焦急万分的他突然想起和他一起出来观测的车桥段副段长杨长宇，急忙打电话联系，正在车桥水库观测的杨长宇同志立即冒雨赶到乌盆冲增援，两人一前一后在3000米长的泥泞路上费了很大的周折才把车弄上了公路，两人全身都湿透了，成了泥人。

在今年特殊的情况下，为了更好地搞好汛期渠道、水库的观测工作，确保水库安全度汛，车桥管理段成立了车桥水库管理所，车桥段的职工们放弃了原来优越的工作环境，从城市转到乡下，在车桥村租了一栋简陋的房子办公，生活设施和工作条件都相当差，但是，他们克服了种种困难，没有电，自己牵，没有自来水，自己在渠道里挑，没有食堂，自己烧火做饭，一切都靠自己动手，职工们全部驻守在车桥水库，顾不了家庭，顾不了孩子，但是，为了渠道和水库的安全，他们无怨无悔。

无人知高洁，冰心在玉壶。为了水库及渠道的安全，为了灌区人民生命财产的安全，总干渠人不畏艰难，不计得失，在平凡的工作岗位上默默地奉献着自己的力量。

在那些特殊的日子里，风声、雨声、雷声，声声惊人心，渠道、水库、堤坝处处牵人心，每当这种时候，总干渠人就像雄鹰一样扑进暴风雨中。风雨再急，阻隔不了总干渠人那颗安全防汛的责任心，霹雳再响，震不垮总干渠人钢铁般的意志。君不见，渠道里畅流的漳河水，它就是总干渠人用汗水谱写的乐章；君不见，长堤下富饶美丽的家园，它就是总干渠人日夜坚守的希望与梦想。在这条生命线上，总干渠人永远都会像雄鹰一样迎着风雨，展翅飞翔。

你好！漳河

始 篇

漳河位于江汉平原西北部，是长江中游较大的支流——沮漳河的东支，发源于荆山。俯瞰漳河，碧波万顷，帆影点点，犹如一颗巨大的蓝色宝石镶嵌在荆山群峰之间，湖光山色如诗如画，她又如一颗耀眼的明珠在荆楚大地上熠熠生辉。然而，当人们尽情地欣赏赞美她美丽、贤淑、静若处子般的风采时，抚今追昔，谁能相信她过去的狂野与桀骜不驯？又有谁能忘记驯服她的艰难历程和漳河人创业的艰辛？

翻开历史的长卷，依稀可见上游那汹涌的洪水、倒塌的房屋、遍野的饿殍以及下游那龟裂的土地、枯黄的庄稼、水贵如油的惨境。那首悲凉而又无奈的民谣在耳边隐隐地响起："水在河里流，人在岸上愁，天旱地冒烟，十年九不收。"年年的洪涝旱灾，让两岸人民，流离失所，苦难深重的漳河人民盼望着大禹的再生，盼望着驯服恶龙的利剑，盼望着拥有一片安宁而富饶的家园。可是，在那黑暗而腐朽的旧中国是无法实现的。一代又一代的血泪，一代又一代的梦想，一代又一代的希望，终于迎来了新中国的诞生。

新中国成立后，党和政府十分关心漳河的治理。1953 年至 1957 年，省水利厅组织力量对沮漳河的地形地貌、水文地质，进行了全面的调查和勘测，并提出了兴建漳河水利工程的设想。1957 年 11 月，在全省水利工作会上，张体学省长提出了兴建漳河水库。1958 年 2 月，省水利厅副厅长漆少川、许金彪、荆州地委书记孟筱澎、专署副专员饶明太等到现场勘察，选择水库坝址。6月5日，漳河水库总指挥部正式成立。6月底，指挥部干部、省水利厅勘测设计院和省水利厅工程一团的技术人员及荆门市的民工开赴施工现场。7月1日，观音寺导流隧洞那一声惊天动地的炮响，拉开了驯服漳河、改造漳河的序幕……

创业篇

漳水来源千万峰，每逢雨季闹山洪，
民工十万齐心力，三载辛勤奏大功，
四坝三槽两闸堤，工程十大纽兼枢，
库容廿亿立方米，受益农田瘠变腴，
千山万壑赴荆门，水急滩险恶化村，
一朝漳河驯服后，良田万顷保粮源。

移山曾笑愚公愚，今日愚公把山移，
强使漳河东向去，干渠开发四分支，
人定由来可胜天，同心协力克无坚，
移山倒海寻常事，高举红旗直向前。

1965年5月9日，当国家副主席董必武同志视察漳河后，感慨万千，挥笔疾书，留下这首脍炙人口的诗篇，诗中高度赞扬了人民的愚公精神和漳河水库工程的宏伟和壮观。40多年的风风雨雨，弹指一挥间。当年人们奋战漳河的身影已不复存在了，但他们所留下的业绩却与青山同在，与日月同辉。

漳河水库工程规模宏大，任务艰巨，枢纽由五坝、九闸、三段明槽和两座电站组成。灌区渠道分九级，各种建筑物15000多座。在1958年动工兴建这样宏大的工程，不仅国家财力物力困难，而技术力量也相当薄弱，同时还要经受洪水的威胁。但是，人定胜天，由荆门、江陵、当阳等三县一场的十万人民在各级党委的领导下以高度的社会主义建设热情和自我牺牲精神投入漳河水库建设。他们争先恐后自愿报名参战，不计报酬、不辞劳苦、风餐露宿、夜以继日地战斗在工地上，连春节都不回家。干部与群众打成一片，同吃一锅饭，同住一间草棚，总指挥长饶民太八年施工中就有六年在工地上和民工共度除夕之夜。在施工过程中，广大干部、群众发扬一不怕苦，二不怕死的革命精神，克服一切难以想象的困难，晴天一身汗，雨天一身泥，开山劈岭，筑坝挖槽。工地上，人山人海，炮声动地，尘土遮天。赶、学、比、超的劳动竞赛高潮迭起：你看那铁姑娘吕明英的战斗组，单轮车、双轮车，车车满载飞驰；你看那姐妹铁甲队长胡玉珍巾帼不让须眉的勃勃英姿；你看那“千斤大力士”雷朝支，力载千斤土的英雄气概……八年的施工中，像他们这样的劳动模范有150多人，他们为修建漳河水库，做出了不可磨灭的贡献。

在技术力量薄弱、财力、物力困难和劳动工具比较落后的八年施工中，广大技术人员和人民群众充分发挥自己的聪明才智，大胆改革创新，创造了许多奇迹，如观音寺大坝原设计为钢筋混凝土柔性斜墙堆石坝，而在当时，连钢筋水泥都要靠进口的中国来说，修这样的大坝真是困难重重，而广大工程技术人员不等、不靠、不妥协，详细勘察，反复研讨，经过深思熟虑后改为黏土斜墙沙石组合坝，而这种坝能扬长避短，就地取材，为国家节省资金4000多万元。实践证明，这座大坝历经风雨46载，经历了无数的山洪暴雨的考验，仍如巨人一样岿然不动，并为灌区的农业灌溉、电业以及国家重要堤防——荆江大堤的安全立下了汗马功劳。

八年大施工中，施工物质奇缺，广大民工自力更生、艰苦创业，他们自带工具，自带口粮，土法上马，因地制宜，就地取材，自制炸药，劈山炸石，自制“土吊杆”、“烧饼车”和“绳索牵引”开槽筑坝，取代了人拉肩挑，加快施工进度，提高效率。三年自然灾害中，他们发扬南泥湾精神，边施工边生产，开荒种地，以菜补粮，靠毅力、靠智慧战胜了一个又一个的困难。

经过八年的苦战，漳河水库以它崭新的风貌屹立在荆楚大地上，枢纽中的五座大坝（观音寺、鸡公尖、林家巷、王家湾、副坝）如一条条巨龙，或盘绕山间，或横卧平川，气势磅礴、宏伟壮观；三段明槽（清静庵、王家湾、姚家冲）或若彩虹横跨山涧，或似玉带依山连水。两座电站点燃了漳河畔万家灯火，九座水闸让那曾经汹涌桀骜不驯的漳河水乖乖地按人们的意愿潺潺地流向广阔的田间地头，造福八方百姓。

“创业艰难何其多，旌旗十万降恶魔，风霜雪雨八载苦，青山处处埋忠骨。”饮水思源，为了驯服漳河，为了子孙后代的幸福和安宁，200多名优秀的中华儿女在施工中献出了他们年轻而宝贵的生命。鸡公山和观音岛上那两座高耸入云的烈士纪念碑庄严、雄伟，让人肃然起敬，200多名英魂就长眠于这山水中，多少个日日夜夜，青山拥着河水低吟着一支支悲伤的歌，如泣如诉。“风萧萧兮，易水寒，壮士一去不复还”，英雄们去了，然而，他们的英名却流芳百世，他们的业绩永垂青史。

创业艰难，守业更难，40多年的风雨如云如烟，弹指一挥间，蓦然回首，凭栏远眺：那林立的楼群和工厂、书声琅琅的校园、花果飘香、莺歌燕舞的岛屿、鱼跃水面的欢腾、金光闪闪的稻田……构成了漳河美丽的画卷，这日新月异的变化无不浸透着漳河人的沥沥心血。在改革开放的春风中，漳河人更是热情高涨，意气风发，充分发挥自己的智慧和力量，建设漳河，开发漳河。为创造漳河美好的明天，许多漳河人为漳河献了青春，献余身，献了余身，献子孙。一辈又一辈不停地耕耘，不停地创业，在漳河的每一寸土地上，都留下了他们辛勤的汗水和足迹，留下了许多可歌可泣、荡气回肠的动人故事……

漳河林场老职工、共产党员陈良初同志，为了发展库区的综合经营、绿化荒山荒岛，他服从组织安排，带着一把锄头、一把斧头，凭借一双勤劳的手，在杂草丛生、荆棘遍地、荒无人烟的小岛—李集岛垦荒种植。在岛上一住就是28年，28年中，岛上就有24年不通电，他披星戴月，艰苦创业，仅他用坏的锄头、十字镐就有50多把。共开发橘园115亩，在那段艰难的日子里，生活条件艰苦，常常饥一顿饱一顿，甚至累得连筷子都拿不起。可他从没有向组织叫一声苦，喊一声累，总是默默无闻地苦干。人手不够，他就把爱人动员上岛和他一起干，家中三个幼小的儿女上学、生活无人照料，他便把孩子委托给亲朋好友。每次他爱人回来看孩子，离开时总是要哭一场，特别是小女儿，总是拽着母亲的衣服不肯放手，当母亲偷偷地离开孩子们时，孩子们常常追到河边，望着远去的母亲放声大哭。谁无一个家，谁无妻子儿女，但陈良初同志却舍小家顾大家，经过20多年的奋斗，昔日荒无人烟的小岛如今已变成花果园，成为漳河一景。

太多的汗水，太多的付出，终于换来了丰硕的回报，李集岛的橘子个大皮薄，甘甜如蜜，名扬天下，曾两次参加京城展销，每逢橘期，四方商贾云集于此，仅在1983年至1991年，就产柑橘87万公斤，创产值74万元。陈良初成了远近闻名的柑橘大王，他富了却没有忘记库区人民脱贫致富。十几年里，他无偿地为库区人民赠送橘苗，提供种植技术，有求必应，一心为公是他人生的座右铭，当他看到李集岛水陆相隔，交通不便，为了方便职工，他毫不犹豫地拿出数万元钱买了一艘机动船，解决职工出入困境。

无人知高节，冰心在玉壶。不为名利是他人生的宗旨。1993年，他把自己辛勤开拓的橘园以及配套设施无偿地交给了漳河林场，陈良初同志的高尚情操多次受到省市地区的表彰，中央电视台、湖北电视台和荆门电视台都对他进行了专题报道。

如果说陈良初同志是老一辈漳河人创业守业的杰出代表，那么，拓展漳河银鱼的养殖之星周建忠就是漳河人创业守业的后起之秀。

周建忠是漳河水产公司的一名普通的水产养殖工人，也是一名普通的共产党员。1979 年，他招工到水产公司的前身——漳河养殖场的道子河渔场。当时的道子河渔场非常偏僻，基本上是三不通（不通车、不通电、不通水），距离家有 20 多公里，到最近的集市也要走一个多钟头，居住条件和生活条件都相当艰苦，断粮断菜、风餐露宿、日晒雨淋是经常的事，但他从未叫过一声苦和累，领导换了一茬又一茬，可他从未向领导提过调动的要求，由于他工作积极认真，1995 年他光荣地加入了中国共产党。入党后，他是时刻告诫自己：作为一名党员，要充分发挥党员的模范带头作用，不仅要带头干，而且要带头想，为单位的发展壮大做出自己应有的贡献。

他是这样想的也是这样做的。他所在的水产公司一直从事常规鱼的生产和销售，产量虽高，但价格低，效益不好，公司一直处在全局亏损行列。如何使公司发展壮大起来，周建忠一直在琢磨这件事。1995 年的一个偶然的机会，银鱼撞入了他的视线，当他了解到银鱼营养价值高，被称为“软黄金”，在市场上供不应求时。他每一根神经都兴奋起来。他开始收集相关资料，并把自己的想法向局和公司领导做了详细汇报。他的想法得到了上级的全力支持和肯定。1995 年春，他引进了一定数量的银鱼卵投进了漳河水库，年末，他们就小有盈利，在这一年中，他和同伴们共同努力，掌握了一定的养殖和捕捞经验，小试牛刀的成功坚定了他养殖银鱼的信心。第二年末，漳河银鱼生产也迎来了丰收的季节，1996 年捕捞银鱼 126.7 吨，实现销售收入 400 多万元，使公司一下子就扭亏增盈，此后，银鱼产量年年丰收，利润成倍增长，成为漳河的又一拳头产品，并被中国绿色食品发展中心定为“AA”级绿色食品。银鱼养殖成功后，周建忠并没有满足，他把目光投得更远。当他看到银鱼卵在市场上很紧俏时，他又动起心思来，可采银鱼卵他从来没干过，于是他找来有关知识的书籍，边学边试验，每天都是凌晨4点起床，晚上10点回家。通过大量的试验，他终于掌握了银鱼采卵技术，在短短的一个月时间里，他就带领同事们采银鱼卵一亿多粒，远销江苏、贵州、重庆等七个省市及本省市各地，当年就实现销售额20多万元，纯利10多万元，以后的几年中，银鱼卵的销售也成为水产公司的经济支柱之一。

周建忠从事水产工作30多年来，为了公司的发展壮大，他呕心沥血，任劳任怨，哪怕是搭上性命也在所不惜。1997年，他为了给公司赶制一批革新的银鱼网，带队到江苏购置优质材料，在安徽省境内出了车祸，他为了不耽误时间，忍着浑身的疼痛支持到完成任务，回家后，他一头栽倒在床，等家人把他送进医院时，才发现他的脾脏破裂，摘除脾脏后，拖着伤残9级的身体，不顾领导和同事们的劝阻，又忘我地投入到工作中去了。

周建忠同志的开拓精神和一心为公的主人翁精神得到了人们的一致称颂，他多次被评为厅、局先进工作者，2000年被授予“湖北省劳动模范”，2001年获“全国五一劳动奖章”。

像陈良初和周建忠他们那样不为名利，艰苦创业的漳河人还有很多很多。如今，参加修建漳河的同志大部分已退离休或者逝去了，无论健在的或者逝去的，仍然一如既往地关心着漳河的建设和发展。退离休的同志，仍然老骥伏枥，继续为漳河的建设和发展贡献余热，而逝去的以饶民太为首的老同志，却选择了漳河为自己人生的终点驿站，他们头枕漳河土，耳听漳河浪，把自己的血肉之躯溶在这块曾经战斗过、生活过的热土里，化作青山之树，化作漳河之波，九泉之下笑看子孙创业欢。君不见，漳河畔，每一抔黄土下都埋着一颗赤诚的心。

风景篇

美丽富饶的漳河，风光旖旎，环境优美，气候宜人。历经40年的不断雕琢，不断完善，终于使它像一块碧玉脱颖而出。它美丽、雍容的风姿引得无数游人竞折腰。

一花独放不为春，万紫千红才是春。如果只说漳河的水之秀、山之灵，那就过于单调而片面了。漳河之所以能成为闻名遐迩的风景旅游胜地，它不仅有许多名胜古迹，优美动听的传说，而且占尽天时地利之优势。往北，有襄阳古城和三国时诸葛亮隐居的古隆中、武当山丹江口水利枢纽，原始森林自然保护区神农架；往西，有举世闻名的长江三峡、葛洲坝水利枢纽、屈原故里、我国佛教四大著名寺院当阳玉泉寺、三国古战场的重要遗址，如当阳桥、长坂坡、麦城、关陵和季家湖、楚城遗址；往南，有国家森林公园张家界、自然保护区索溪峪、洞庭湖、岳阳楼和荆州古城、楚都纪南城。当人们在古隆中品味那种“前不见古人，后不见来者，念天地之悠悠，独怆然而涕下”的怀古情愫，再到三峡看那惊涛拍岸、滩险水急、山势险峻的大峡谷后，心悸之余，来到这似江南水乡，小桥流水人家的漳河一种恬静而飘逸的感觉油然而生，另有一番滋味在心头。

以往，人们还不注重于漳河的水资源开发和利用，漳河的观光旅游业也只是“犹抱琵琶半遮面”，不仅外面的人不知道漳河，甚至就连有的荆门人都不知道自己的家园里还有这么一块风水宝地，这不能不说是一种资源的浪费。党的十一届三中全会召开后，漳河人改变了观念，为了开发漳河的水上资源，为了向世人揭开漳河美丽面纱，开发漳河的旅游业，根据库区优美的风光和优越的小气候，发动沿库国营、集体单位及个人各自选择特色，开发古迹，建立景观，设立旅游景点，建立度假、游览设施……每年到漳河旅游的人四季如潮，使漳河的旅游业蓬勃发展。

漳河的风景四季各异，各有千秋。人们把漳河四季的重要景观总结为：春看杜鹃红似火，夏观溢洪势破竹，深秋黄昏送夕阳，冬看银装素群山。

的确如此，漳河的春天是绿的世界，是花的海洋，坐船逆水而上，两岸青山迤逦，山水相映，水鸟嬉戏，游鱼细石，相映成趣，杜鹃花像一团团燃烧的火焰，在青山碧水中显得更加娇媚热烈。当船渐近清静庵大桥，你会发现，原来宽阔的水面越来越窄了，仿佛能用双手触摸到两岸边的岩石，树少了，山少了，花也少了，这时你的心里也许会生出许多遗憾来。过了清静庵大桥，迎面而来的是一座圆圆的如北方馒头似的山包，它把漳河一分为二，水从两边的山脚缓缓而过，当船绕过这个山包，你的视野便豁然开阔，心也为之一荡，那更宽阔的水面，更多更艳的杜鹃花让你的脑海里蓦然闪出古人的诗：山重水复疑无路，柳暗花明又一村。其实，漳河的水道正如此诗那样，让人又惊又喜的。

所谓潮，即溢洪。溢洪是漳河夏日的风景，虽说没有钱塘潮那样闻名遐迩，但看漳河溢洪能叫人热血沸腾，心潮澎湃。

夏季多雨，山洪暴发，河水猛涨，漳河便要溢洪了。打开溢洪闸，洪水像脱缰的野马狂奔而出，齐齐扑向几十米深的山沟，撞击对面的山头，飞花溅雪，如雷贯耳，回击成巨大的水柱，抛向高空，化成乳白色的水雾，在山涧环绕，似云似纱，山头上的一切都隐隐约约起来，观之如海市蜃楼。晚上看溢洪，景色更美。溢洪道旁，华灯初放，霓虹闪烁，弥漫在山涧的水雾五彩缤纷，变幻莫测，溢洪沟里，紫气氤氲，汹涌翻滚，仿佛进入神仙洞府，让人们飘飘欲仙，不知天上人间。

如果关了溢洪闸，游人们最爱去的地方，便是溢洪沟。

溢洪沟在两山之间，天然而成，幽静森然，沟内乱石穿空，根藤如索，一洼洼积水，清如碧潭，五彩的卵石千形百状，让人爱不释手，依藤而攀，或采一束野花，或摘一捧野果。不小心也许会窜出一只受惊的兔子或是一只斑斓的锦鸡，让你心悸之余又平添一种冒险的刺激和喜悦。人们常说：柔情似水，当你看到山壁的岩石上那层层深深的沟痕，你就会感叹水的鬼斧神工了。出了溢洪沟，席地而坐，看清清的流水，送归山的夕阳，听清脆的鸟鸣，或品尝美味的野餐，其乐无穷。

“一道残阳铺水中，半江瑟瑟半江红。可怜九月初三夜，露似珍珠月似钩。”用唐代诗人白居易的诗来描绘漳河的秋韵，那是再恰当不过了。当火红火红的夕阳缓缓地坠入漳河时，金色的余晖便给这山川河流抹上了一层绚丽的颜色。南飞的大雁，风中摇曳的芦苇，河中点点夜归的帆影……无不构成一幅幅美丽的黄昏画卷。

杨柳岸边，晓风钩月，夜色中，黛青色的山峦已变得朦胧起来，只见一些黯然的轮廓，漳河也笼罩在淡淡的雾霭之中，躺在那沾满露珠的草地上，看月朗星疏的宇宙，观河面上忽隐忽现的渔火，听隐隐约约的渔歌和秋虫的啁啾……一切都显得那样的缥缈而空寂，使你陡然生出一丝丝淡淡的愁绪，让你的思绪飞得很远很远……唐代诗人张继的“月落乌啼霜满天，江枫渔火对愁眠，姑苏城外寒山寺，夜半钟声到客船”，大概也是这种氛围的产物吧。

寒冬腊月，万物萧条，然而，大自然永远都不会让漳河逊色。于是，天上的白精灵飘然而至，玉树琼花，冰雕玉砌的雪景让人美不胜收，银装素裹的群山分外妖娆。“千山鸟飞绝，万径人踪灭，孤舟蓑笠翁，独钓寒江雪”唐朝诗人柳宗元在诗中描绘的是一幅寂寥萧瑟的雪景，而漳河的雪天却热闹万分：赏雪的、摄影的、堆雪人打雪仗的，大人小孩疯闹在一起，不思归路。最值得一看的还是雪天捕鱼，渔翁们并非独钓漳河雪，而是三五个一起，用网捕鱼。因为天冷，小白鲷成群结队地挤在一起，黑压压的一群，渔翁们一网就能捞上几百斤，这时观众的欢呼声和渔人喜悦的笑声就像雪花一样飘飘扬扬了。

近年来，漳河新开辟的景点——观音岛成了漳河旅游的金字招牌。到观音岛必须由水路而行，从漳河旅游码头出发，离开副坝，船行大库，在甲板处就望见了前方观音崖岛上金光闪闪，祥云朵朵的观世音菩萨塑像。船过橘岛——李集岛，绕过银杏岛——长青岛，就靠在新辟的景点观音崖——观音仙岛的码头。弃船上岛，经过200多米的石级和山径而上。沿途绿荫婆娑，松柏环绕，绿草遍地，啁啾之声清脆悦耳，环境异常幽静。只见主峰上立有18米高的观世音一尊，四周还建有配殿，每殿的神龛上均供奉观音菩萨一尊，共有48尊，各具神态，无一雷同。殿前设有化香炉，香烟缭绕，云雾升腾，善男信女，焚香化表，叩首磕头，念念有词，神情肃穆。

传说在很久很久以前，此岛原为女娲补天遗弃的一巨石，突兀嶙峋，终年黑雾弥漫，气候恶劣，寸草不生，鸟兽绝迹，称为死岩。有一日观音菩萨从西天灵山如来处回住地浙江普陀山，途经此地小憩，见此地如此荒凉，陡生恻隐，慈悲大恸。于是杨柳轻拂，使净瓶滴水入石，霎时就阳光璀璨，紫气萦辉，惠风和畅，林长草生，鸟飞兽走，百花齐放，呈现一派生机勃勃景象。因此岩一面有悬崖绝壁，为纪念观音菩萨的恩典，后人就叫此岛为观音崖岛了。

观音崖岛，是库内72个岛屿之一。面积约1.5平方公里。由于岛形奇特、空中鸟瞰，整个岛屿酷似观音参禅的莲花宝座，颇有几分仙气。建库前，岛上曾有一庵，供奉观世音，每年农历二月十九（观音菩萨生日）六月十九（观音菩萨成道日），九月十九（观音菩萨出家日），善男信女上山进香，求子求财求福者络绎不绝，香火鼎盛，游人摩肩接踵，熙熙攘攘，上上下下，好不热闹。建库后，庵被淹于水中，由于该岛周围水域辽阔，深浅适度，饵料丰富，是水库的主要渔场之一。近年来，由于开发旅游资源，以满足人们宗教信仰、休闲娱乐之需，经佛教部门批准，将久违了的观音菩萨请回了观音崖定居。并于2002年4月1日（农历二月十九）举行了圣像落成开光。

观音仙岛上的双面观音立像，高18米，为中南五省之最。矗立于莲花台上，头戴繁密饰金花冠，蛾眉微竖，直鼻隆挺，朱唇锁闭。上身穿着薄质袈裟，瓔珞像九绺金色清泉，翠环网坠于胸腹，下身为绣花薄长裙。裙角的褶纹飘逸而有风韵，神态是那样的温柔，富有浓郁的人情味。塑像雕工细腻，色彩柔和，仪态安详慈善，端庄大方。眉宇间显示出豪爽英气，双目中流露着聪颖睿智。她远眺荆楚，近视碧波，左手握净瓶，右手持杨柳，亭亭玉立于云雾缭绕的观音崖山峰之上。在阳光照射下，由于水雾映成的彩虹，产生出奇妙变幻的环境。真是五彩缤纷，扑朔迷离，艳丽悦耳。在梵乐的奏鸣声中，人们就好像进入了一个如神话中的仙都宫阙和梦幻般的佛陀净土，九天至上的圣洁天堂。自然景色和社会风情，无不引人入胜，实在令人叹为观止！

“红花还须绿叶衬”。在漳河的山水间，点缀着许多名胜古迹并伴有许多优美的传说，成为漳河旅游的重要景点。信步而游，你可以去看一代英雄关云长兵败的麦城，重温大意失荆州的历史故事；可以去看季家湖楚城遗址的荒凉与斑驳；看伍峰寨、乐天处的宏伟、雄奇的石城建筑；到杜甫沟里捕捉奇诗奇石；去听龙口湾碓臼和祭公剑的神奇传说……

在所有景点中，蟾蜍守宝最为有趣。又名“三怕”鼎立，即蟾蜍石、青蛇岭、蜈蚣山。

漳河故道，在余家洲向左拐90度大弯，帮道北岸有一巨石，房间那么大，形似蛤蟆，张着撮箕大口，呈欲跃之势，名曰：蛤蟆石；其后，仅隔一条溪沟，有一条长岭，活像一条爬行的大青蛇追捕蛤蟆而来，人称青蛇岭；故道南岸，又有一条活像蜈蚣的蜈蚣山，欲飞身过江向青蛇扑来。蛤蟆石、青蛇岭、蜈蚣山呈三角鼎立之势，很容易让人们想起“螳螂捕蝉，黄雀在后”的成语，这里流传着一个“三怕”的故事，即蛤蟆怕蛇、蛇怕蜈蚣、蜈蚣怕蛤蟆的“物降物”的故事。

漳河除了美丽的山水外，还有许多土特产，其中绿茶、橘子、鱼最为出名，让游人难以忘怀。

漳河绿茶是茶中精品。早春三月，新茶出芽，在那似浓非浓的雾山上，采茶姑娘十指飞舞，掐下嫩芽，焙制而成，一片片茶叶爽手爽心，呈绿白色，有许多茸茸的细毛。用沸水冲泡，碧绿的汤色中，只见一片片茶叶如同仙女下凡。轻舒腰肢，长袖飞舞，蹁蹁跹跹地飘飘而下，或卧或立，如同美女出浴，刹那间，一股幽幽的清香便在空中弥漫，沁人肺腑，那真是高山云雾出好茶，名不虚传。

漳河橘个大皮薄，味甘如蜜，无一丝酸苦，每逢橘期，沿河而上，两岸橘林笑语声声，橘如灯笼，黄黄红红地挂在枝头，金秋之际，大车小车把漳河橘送到全国各地，甚至出口到国外。

漳河鱼种类繁多，但最名贵的要属野生的桂花鱼，人工饲养的虹鳟鱼和白如银练的银鱼，它们都以肉质鲜嫩、少刺、营养丰富而著称，桂花鱼是极难饲养的，它生活在活水石缝之中，以小鱼虾为食，性情刁滑凶狠，也算是鱼中一霸，而虹鳟鱼和银鱼则柔柔绵绵的，性情温和，到漳河安家也没有多少年，但它们却为漳河渔业增添了不少光彩。

辉煌篇

"海阔凭鱼跃，天高任鸟飞"。建库47周年了，今天的漳河在管理、开发利用、建设等方面都取得了辉煌的成就，化单一为多方利用，发展为旅游、发电、运输、灌溉、人工养殖等一条龙，各行各业乘着改革的春风大步向前迈，40年来她所取得的成就让人瞩目。

农业供水：漳河为湖北省最大的农业灌溉基地，据统计，从1965年至2005年，先后战胜了八次大旱，为农田供水158.8亿方，每年灌溉农田223.5亩，使灌区粮食产量逐年增长,2004年达14亿公斤。同时漳河水库的建立，为荆门市的工农业发展奠定了良好的基础，由于有了廉价的优质的漳河水，全国十八大炼油厂之一的荆门炼油厂在荆门安家落户了，居湖北第二的荆门热电厂1979年建成投入使用。1983年8月，荆门市升为省直辖市，成为拥有石油、化工、矿产、建材、纺织、食品等产品的新兴工业城市。在促进地方产业不断壮大的同时，漳河工程管理局坚持"突出重点，有进有退"的发展战略，不断地对产业结构进行调整和改进，充分利用水资源，进行优势互补，使供水、水电、水工建筑等支柱项目不断壮大。努力寻求发展空间，积极拓展供水市场，成功实施了漳河高店水厂管线的改造和扩建，抢占了荆门市城北的供水市场，积极为荆门热电厂扩建提供供水可行性论证，承诺增容服务，促成扩建工程动工。通过多方努力，使供水市场潜力得到了充分的挖掘，供水效益逐年递增，从1965年到2005年，漳河总共为荆门市工业及城市供水14.8亿方，为荆门市城乡的工农业发展做出了巨大贡献。

工程建设与管理：漳河水库自建库以来，漳河工程管理局狠抓工程的建设与管理，特别是在“十五”期间，投资1.86亿元进行了漳河水库枢纽整险加固项目建设和灌区续建配套与节水改造项目，重点完成了王家湾非常溢洪道兴建、陈家冲溢洪道整修及检修闸门兴建、清静庵明槽扩卡、副坝加固、车桥水库整险加固及部分干支渠维修改造工作。争取资金200万元，进行了灌区首期信息化系统项目建设，完成了烟灯渠首闸、二干渠进水闸、车桥闸群、掇刀闸群四个监控站和局中心站、总干渠分中心站建设。投资290万元，完成了水库防洪调度化系统升级和中国灌溉管理系统研究、漳河水库浮动汛限水位研究、超声波对差法的渠次流仪研究。坚持不懈地抓好防汛抗旱工作，为水库抗洪保平安、灌区的农业丰收立下了汗马功劳。漳河水库修建后，由于她的多功能调节作用，在洪水年主动拦截漳河洪峰与沮河错峰，大大减轻了沮漳河下游的压力，使洪灾减少到最低限度，从1966年到1998年，共拦截1000立方米/秒以上的洪峰流量39次，其中拦截2000立方米/秒以上的洪峰流量15次，防洪总社会效益82亿元，为防汛抗旱做出了巨大的贡献。

电业发展：自1966年至1998年，漳河管理局先后四次对电站增容，1985年与华中电网并网，同时，巩固小水电站，拓展供电业务，兴建了苏畈水电站和兔湾水电站。使漳河水电装机总容量达9700千瓦。漳河工程管理局还积极争取省政府和省水利厅的支持，保留了漳河小水电站的自供区，引进用电客户，扩大了供电市场，并对11个行政村进行了农网改造和农电管理体制改革，稳定了供电市场。先后对2 ×3000千瓦和3800千瓦机组实施了技改，提高了设备的完好率和出功率，通过了ISO9000 ：2000质量论证体系论证，兴建了供电营业厅，提高了发、供电安全系数、服务质量和电量与电费的回收率。40多年里，总发电量5亿千瓦时，总收入1250多万元。

渔业生产：漳河水库水层深，水面开阔，水体温差相对较小，微生物较多，可供鱼类直接食用，因此，漳河库内繁衍生长的鱼类有青、草、鲢、鳊等50多种，还有龟、鳖和黄鳝等水产品。1989年以后，又从外地引进名贵鱼种——虹鳟鱼和银鱼，并建有养殖场、三库渔场等养殖基地。漳河管理局大力依托水资源，抓好绿色水产品基地建设，形成了养殖、捕捞、加工、销售一条龙的生产格局，致力实施科技兴渔战略，着力打造漳河水产精品名牌，后起之秀——银鱼，近十年来连续捕捞过百吨，并被中国绿色食品发展中心认定为“AA”级绿色食品和湖北省名牌战略推进委员会授予名牌产品称号，同时，注重漳河银鱼、虹鳟鱼及常规鱼的冷藏和深加工，兴建了漳河土特产展示厅和市、省销售网络，漳河水产加工制品已出现了供不应求的良好势头。

旅游业的发展：在物质文明高度发达的今天，人们不再为柴米油盐酱醋茶所操劳，休闲之余，为了洗涤工作的疲惫，远离聒噪的都市，去寻找一份田园风光的闲情逸致，那么，到漳河旅游去，是当今人们的热门话题，漳河领导集团以他们卓越的胆识，创建了漳河旅游公司，投入上亿元，开发旅游业。先后购买了豪华游轮、游艇，修建水上宾馆，避暑山庄等旅游场所，在“十五”期间，漳河管理局着力发展漳河水利生态旅游，2002年被水利部批准为国家级水利风景区，2005年被评为国家“AAA”级旅游区，其间还被湖北省旅游局列入着力培育的10个省级旅游休闲度假区之一，注重挖掘观音文化底蕴，着力打造观音岛生态旅游品牌，观音岛已成为游客必到的黄金景区。同时依托靓丽的工程景观和丰富的生态旅游资源，开辟了观音寺大坝景区、抓好漳河旅游码头和旅游基础设施建设，景区功能已日趋齐全。抓好旅游宣传与促销，客源市场已得到进一步拓展，现在全景区年接待游客已达13.5万人次，旅游收入达2000多万元。蓬勃发展的旅游业给漳河带来了可观经济效益和深远的社会影响。

库区扶贫：漳河库区地处荆门、当阳、远安、南漳四个市、县交界处的偏僻山区，这里的人民为革命事业和水利建设都做出了很大的牺牲，在修建漳河水库时，库区人民顾全大局，献出了好房好地，搬迁至库周边的高岗地带，耕地少，地力弱，加之库水相隔，行路、上学、就医都不方便，生活生产十分困难。党的十一届三中全会后，中央进一步明确了扶持贫困地区的方针政策，漳河管理局成立了扶贫开发办公室，先后投入资金 200 多万元，为库区人民修建学校三所，解决了库区子弟上学难的问题。

1985 年，省、市和管理局筹资 80 万元，修建跨清静庵明槽的大桥一座，解决了雄丰、兴丰、双岭等村及库区较偏远山区人民的交通问题。在建库 40 多年里，先后为库区人民架设高压线路 50 多公里，结束了库区人民点油灯照明的历史。

库区人民在漳河管理局人力、物力、财力的大力扶助下，靠山吃山，靠水吃水，以山养水，以水润山的办法，大力开发林、木、果、茶、山珍的种植和运输养殖、矿物的开采。从 1985 年到 1998 年的调查情况表统计，库区人民人均年收入在 1000 元以上，比原来翻了四番，库区人民的经济出现了翻天覆地的变化，涌现了许多致富能手，有 80% 的人已经走进富裕行道。

三个文明建设：注重加强领导班子建设、加强党员和干部队伍建设、加强职工队伍建设，加强思想政治工作，加强政治理论学习与继续教育，提高了队伍整体综合素质。按照党中央的要求和上级的安排，扎实开展了以实践“三个代表”重要思想为主要内容的保持共产党员先进性教育活动，并建立了保持共产党员先进性教育的长效机制，使之达到了提高党员素质、加强基层组织、服务人民群众、促进各项工作的目的。加强党风廉政建设，全面推行会计委派、政务公开、职务消费、集中采购、领导干部经济责任审计和离任审计制度，加大了源头防治腐败力度，增加了工作的透明度和领导的公信力。坚持抓好“四五”普法、社会治安综合治理、维护稳定、安全生产等工作，加大水政、渔政、治保执法力度，依法管水，依法治渔，依法维权，水库和干渠确权划界工作取得了较好成绩，水库渔业资源和库渠水土资源及生态资源得到较好的保护，为漳河水利事业的健康营造了良好的环境。充分发挥党政工青妇及其他群团组织的联动作用，广泛开展系列文明创建活动，连续几届获得水利部最佳文明单位和湖北省最佳文明单位，并授予国家级文明创建工作单位，其他各项工作也多次受到各种表彰。“十五”期间，个人文明创建工作颇有建树，其中陈崇德获“全国劳动模范称号”，周建忠获“全国五一劳动奖章”，这些殊荣是前所未有的。

坚持权为民所用，情为民所系，利为民所谋，切实为职工办好事、办实事，医疗保险、失业保险、住房公积金涵盖面达100%，职工工作、生活、住房条件得到明显改善，对职工子女升学就业、大病重病医疗等难点热点问题予以极大的关注和积极的对策，职工工资、福利待遇逐年得到提高，到“十二五”计划，全局职工人均年收入已近 50000 元。

机关建设：漳河管理局局直机关、所属单位及水利建筑物构成了漳河镇一道亮丽的风景线，在一座座楼群中，最引人注目的是高六层的防汛大楼，此楼建于 1993 年，坐落于局直机关中央，是整个漳河的心脏，她有力的搏动，直接带动整个漳河的前进和发展。防洪办公大楼两旁是几座老式的平房，建于 20 世纪 60 年代，曾经也是漳河建设的指挥中心，在这群高大新颖的建筑群中，有点格格不入，但正因为保留了它们，才能见证漳河 40 多年的沧桑、40 年多的发展、40 多年的辉煌。

漳河，美丽富饶的漳河 ,40 多年来，她以博大的胸怀和甘美的乳汁养育了漳河儿女，我们相信，这片世外桃源将会在勤劳勇敢的漳河儿女手中变得更加美丽富饶！